시詩가 담긴 에세이

내 인생의 오답노트

노회현 지음

내 인생의 오답노트

초판 1쇄 발행 2019년 3월 3일

지 은 이 노회현
발 행 인 권선복
편   집 유수정
디 자 인 유수정
전 자 책 서보미
발 행 처 도서출판 행복에너지
출판등록 제315-2011-000035호
주   소 (157-010) 서울특별시 강서구 화곡로 232
전   화 0505-613-6133
팩   스 0303-0799-1560
홈페이지 www.happybook.or.kr
이 메 일 ksbdata@daum.net

값 15,000원
ISBN 979-11-5602-698-3 03810

도서출판 행복에너지는 독자 여러분의 아이디어와 원고 투고를 기다립니다. 책으로
만들기를 원하는 콘텐츠가 있으신 분은 이메일이나 홈페이지를 통해 간단한 기획서
와 기획의도, 연락처 등을 보내주십시오. 행복에너지의 문은 언제나 활짝 열려 있습
니다.

시詩가 담긴 에세이

내 인생의 오답노트

노회현 지음

*

"너 혼자 세상을 바꾸려 애쓰지 마라!
낮은 자세로 그들의 목소리를 경청해라!
독주하지 말고 그들과 함께 걸어라!
그러면, 너의 꿈에 한 발짝 다가설 것이다.
그것으로 만족하고, 그 다음은
너의 아들 딸들에게 배턴을 넘겨라!
그들의 몫까지 네가 책임질 수도,
책임져서도 안 된다.
그게 바로 세상이다.
네가 꿈꾸는, 모든 이가 사람답게 살아갈 수 있는
그런 아름다운 세상….'

−고(故) 노무현 대통령−

2006년 KBS '우리는 꿈꾸러기' 특별 생방송 촬영차 청와대 초청
방문 후 고(故) 노무현 대통령과의 짧은 독대에서 불의에 타협하지
못하고 질주본능만 앞선, 무모하리만큼 바보스런 저자 노회현에게
노무현 대통령이 들려준 충고의 말씀 중에서

상처가 아물기도 전에 끊임없이 새로운 상처를 남겨가며 살아가는 너무나 바보 같은 한 남자, 그 남자가 만들고 싶었던 한 편의 시 같은 세상 이야기.

다섯 번의 무모한 도전*과 다섯 번의 끊임없는 추락을 통해 날개가 짓뭉개져 더 이상 비상할 수 없다는 걸 깨닫고야 비로소 그는 땅을 내려다본다. 그렇게 쓸쓸히 뒤를 돌아본다.

오르지 못할 하늘만을 동경했던 그의 인생. 이제 그에게 남은 건, 상처와 이별뿐….

시대를 너무 앞서나가 매번 좌절할 수밖에 없었던 바보같이 순수했던 한 사람, 노회현의 삶을 한 편의 에세이로 만나본다.

다섯 번의 무모한 도전 *

첫 번째 도전, 영세한 경양식 소상공인 경영지원을 위한 육가
　　　　　공 지원사업 (1995년)
두 번째 도전, 유흥업소에 붙잡힌 후원 여학생 18명 구출 사건
　　　　　(2003년)
세 번째 도전, 소외계층 나눔교육을 위한 한국발명사랑연구센
　　　　　터 설립 (2008년)
네 번째 도전, 퇴소한 보육시설 아동들의 보금자리 쉼터 건립
　　　　　사업 (2010년)
다섯 번째 도전, 상법개정 및 기업지배구조개선을 통한 소액주
　　　　　주권익보호운동 (2017년)

(전) 두산그룹 회장 | 박용현

　깊은 상처가 빛나는 진주가 되듯이 우리 인생 또한 그러한 듯 싶습니다. 세상을 보다 가치 있고 의미 있게 살아간다는 게 뭔지, 잠시 멈추어 생각해 볼 수 있는 시간을 노 선생님의 오답노트가 짧은 휴식과 눈물로 함께 다가오네요. 부디, 역경을 딛고 당당히 세상 속에서 다시 우뚝 서시기를 간절히 기원하며 노 선생님의 에세이 출간을 진심으로 축하드립니다.

EBS 교육방송 | 사회공헌사업팀

　저희 교육방송 가족들이 함께 응원하겠습니다. 진정한 용기가 뭔지, 진정한 삶의 가치가 뭔지 다시 생각하게 만드는 노 교수님의 에세이 출간을 축하드리며, 노 교수님의 돈키호테 같은 무모한 도전이 이 시대를 밝히는 꺼지지 않는 희망의 촛불이 되리라 믿습니다.

노사모 (노무현을 사랑하는 사람들의 모임)

무모하리만큼 자기 길을 걷는 사람, 가던 길이라 마저 간다는 참으로 못난 사람. 이 사람에게서 험난한 세상을 살아가는 데 힘이 되어주는 따뜻한 사람의 향기가 납니다. 그래서 우린 이 무모하고 못난 사람을 사랑합니다.이 책에서도 그 사람의 향기가 묻어 나오네요. 노 회장(전소연)님이 꿈꾸는 '상식이 통하는 대한민국'으로 가는 길에 이 작은 한 권의 책이 작은 밀알이 되어줄 거라 저흰 굳게 믿습니다.

요엘원장

우리 노 선생님은, 맑은 웃음과 순수한 영혼을 가진 분으로 기억합니다. 처음 저희 요엘원에 찾아오셨을 때 겸손한 태도와는 달리 세상을 향한 꿈과 열정, 도전으로 가득한 마음을 가지고 있으셔서 함께 있는 사람조차 마음을 열게 하는 놀라운 힘이 있으셨지요. 만나는 아이들마다 꿈과 희망을 심어주고자 아낌없이 자신을 내놓는 아름다움이 있는 분, 늘 세상 속에 겸손한 빛과 소금으로 살아가시는 노 선생님이 꿈꾸는 상식이 통하는 세상이 하루빨리 한 걸음 더 다가오기를 매일매일 우리 아이들과 함께 기도하겠습니다.

청보모 (청소년 보금자리쉼터 모임) | 목사 김우선

노회현 님은 봉사하는 분입니다. 방황하는 아이들을 위해 자신의 모든 것을 내려놓는 분. 정작 자신은 일회용 면도기 하나로 보름을 넘게 버티면서도 말입니다. 저희는 그분을 볼 때마다 스스로를 반성하게 됩니다. 더불어 기도를 드립니다. 아무리 힘든 상황 속에서도 우리 아이들을 마주할 때면 언제나 환한 미소를 잃지 않으시는 천사 같은 미소의 당신. 우리 아이들의 삶의 등불과도 같은 노 선생님을 위해 저희는 매일 두 손 모아 기도합니다.

자칭 노사모(노회현을 사랑하는 모임) | 정현 스님

마흔넷 어린 나이에 210명이나 되는 젊은이들에게 '멋쟁이 아빠'라 불리우고 또, 그 젊은이들의 78명이나 되는 자녀들에게는 '뽀빠이 할아버지'라 불리우는 남자, 소상공인들에게는 '사이다 노 박사님', 소액주주들에게는 '혜민 홍길동'이라 불렸던 돈키호테 같은 무모한 남자!

반평생을 가족과 형제, 그를 끝까지 믿고 아껴준 지인들에게 상처만을 남기며 보육시설아동, 결손가정아이, 불우청소년, 영세소상공인, 소액주주 등 사회약자들만을 위한 온전한 삶을 살아온 바보스럽게 못나빠진 그가 이번 『내 인생의 오답노트』를 마지막으로 이제는 상처만 남긴 그의 소중한 사람들에게 돌아가 속죄하며 나머지 반평생을 마감하기를 소원합니다.

청소년 자활 센터 | 마태오 신부
하늘자리 공부방 | 마르가리따 수녀

10년 전, 새만금 방파제에 투신해 있던 형제님을 모시고 응급실에 정신없이 달려갔던 기억이 생생합니다. 죽을 고비를 넘기고, 한 달 만에 깨어난 형제님께서 고맙다는 말 대신 왜 자기를 살리셨냐고 울부짖었던 그날의 기억도 너무나 생생하고요!

그토록 작은 가슴에 온 세상의 힘겨운 아이들을 모두 품으려 하다 보니 결국 우리 형제님을 벼랑 끝으로 서게 만들었나 싶었습니다.

왜 살렸느냐고 울부짖는 밉상의 형제님, 이상하게도 우리 아이들과 보내는 시간이 늘어갈수록 그 무모하고 바보 같은 형제님의 마력에 빠질 수밖에 없더군요. 우리 아이들을 바라보는 진정 어린 눈빛 하나, 우리 아이들을 품어주는 따스한 손길 하나, 도저히 세상을 등져서는 안 되는 사람이라는 것을 깨닫고야 형제님이 욕심나더군요. 하지만 형제님을 가족의 품으로 돌려보내야 했죠. 그날의 기억이 어제 같습니다.

그날, 저희는 형제님께 언젠가 또 이런 날이 올 거라 생각하면서도 부디 저희의 불길한 예감이 맞지 않기를 기도했습니다. 그랬던 나날을 기억합니다. 비록 저희의 기도가 이루어지진 않았지만, 형제님께서 오뚝이처럼 반드시 일어날 것을 믿습니다. 그렇기에 슬퍼하기보다는 응원의 메시지를 보내고 싶습니다. 그리고 이 세상 구석구석, 노회현 형제님을 응원하고 지지하는 수많은 우리 아이들과 그 아이들의 어린 자녀들의 가슴속에 형제님에 대한 따스한 사랑의 기적이 굳건히 자리 잡고 있다는 사실만은 잊지 말아 주십시오.

사랑합니다. 형제님!

목차

1장
일상

2장
아픔

3장

희망과 꿈, 사랑

4장

아이들, 가족

▪ 헌정

▪ 쉬어가기

일상

종이컵

오늘은 물을 먹고
내일은 커피를 먹는다

오늘은 곱게 재활용 홀더에 버려지고
내일은 구겨져 쓰레기통에 버려진다

오늘은 사랑을 속삭이며 행복한 시간을 보내고
내일은 온갖 비리의 온상이 되어 담뱃재와 함께 버려진다

넌,
너무 많은 것을 보아왔다

그만 쉬어도 널 욕할 이는 아무도 없다
이제 그만 쉬어라
세상이 아무리 병들지라도
넌, 맘 아파하지 말고 그만 쉬어라

물병

눈을 뜨자마자 난, 널 찾는다.
뚜껑을 열어 물 한 모금
밤새 묵은 입안을 헹군 그 물은 창문 너머로 물안개를 만
든다.

오른손에 남겨진 물병을 들며 아침 해를 바라본다.
천천히 물을 들이키며 오늘 하루를 설계해 본다.

다 비워진 500리터짜리 물병에
내일 하루를 다시 채워 넣는다….

23

로또

서민들의 꿈, 로또…
어느 순간 나의 절실한 꿈이 되었다.

45개의 숫자,
그중에 선택받은 6개의 숫자

단순하면서도 절대 쉽지 않은 6개의 숫자
모두들 그 6개의 숫자에 목을 맨다.

1 2 3 4 5 6
7 8 9 10 11 12
13 14 15 16 17 18
19 20 21 22 23 24
25 26 27 28 29 30
31 32 33 34 35 36
37 38 39 40 41 42
43 44 45

주식

주식은
로또와 같은 서민들의 꿈이다.

가진 자들처럼 이 땅, 저 땅,
이 건물, 저 건물 살 수 없으니

서민들은
로또처럼 주식을 산다.

신문을 장식하는 성공투자신화
스포트라이트로 집중 방영되는 성공투자스토리…

불나방처럼
서민들은 빚을 내어 주식시장이라는 장작불에 뛰어든다.

그렇게 서민들은 독립투사처럼 자기 몸을 불살라
그렇게 또 가진 자들이 든 축배의 와인 잔에
지칠 줄을 모르고 자신들의 붉은 피를 쉴 새 없이 따르고
있다.

포스트잇

　새로 장만한 내 포스트잇
　한 장 한 장 메모를 남기며 책상 앞을 도배한다.
　해치운 순서대로 그 사명을 다한 포스트잇은 쓰레기통으로 구겨져 버려지고
　그 자리엔 새로운 임무가 적힌 새 포스트잇이 자리를 대신 차지한다.

　하루가 지나고 이틀이 지나고
　통통했던 포스트잇은 그 주인의 바쁜 일상 때문에
　시름시름 앓다가 삐쩍 마르다가 결국 포장지만 남은 채 자기 살들이 버려진 쓰레기통에 마저 구겨 버려진다.

　온몸이 구겨진 채로
　커피, 가래침까지 형체를 알아볼 수 없을 정도로 더럽혀진 포스트잇들은 그렇게 마지막 상봉을 하며 불구덩이 속으로 함께 들어간다.

　활~활~ 장작불의 불쏘시개로 마지막 임무까지 다 마치며 그렇게 그들은 마지막 생을 불사른다.

COLOR

PROFIT

CHECK LIST

IDEA

IDE FC AR

DECISION MAKING

SALES CUSTOMER RETENTION

STRATEGY

DESIGN

PEOPLE RESOURCE

Cont

TEAM

Risk

RESPONSIVE WEB DESIGN

SYSTEM PROCEDURE

L

PLAN

DEVELOP MARKETING

People

SOCIAL

29

쓰레기통

버려진다.
주인에게 쓸모가 없어진 모든 것들이 버려진다.
한동안은 주인의 사랑을 받으며 아껴졌던 물건들이
하나하나 너에게로 버려진다.

버린다.
세상의 온갖 더러움을 쓸어 담아 너에게 다 버린다.

너는
한 번쯤은 싫을만도 한데 아무 말 없이 온갖 오물을
군소리 없이 다 받아준다.

너는 그렇게 다 받아준다.

돈까스

땡글땡글한 너의 살점을 넓게 펼쳐
소금, 후추, 마늘 곱게 화장하고
밀가루 하얀 소복 정갈히 차려입는다.

계란 팩 찐~하게 하고
꼬슬꼬슬 두툼한 빵가루 외투를 걸쳐 입는다.

펄~펄~ 끓는 기름솥 앞에 두고
넌 무슨 생각을 그렇게 하고 있니?

빵가루 한 소끔 먼저 기름 솥에 뛰어들고
너도 따라 미련 없이 기름 솥에 뛰어든다.

다음 생에는 부디
사람으로 태어나게 해달라는 기도를 올리며….

일회용 면도기

일회용,
한 번 쓰고 버리라는 뜻의 일회용 면도기
그런데
하루 쓰고 이틀을 써도 잘만 깎인다.

왜 하루만 쓰고 버리라고 만들어졌을까?
그런데
일주일쯤 지나니 턱 선이 아프다.
칼날이 무뎌졌나 보다.

내일은 새 일회용 면도기로 바꿔야지 하면서
하루를 더 쓴다.
그런데
새 면도기를 챙긴다는 게 하루를 까먹고 이틀을 까먹어
결국 열흘이 되어서야 일회용 면도기는 쓰레기통에 버려
진다.

애썼다.
나의 십 일용 면도기야….

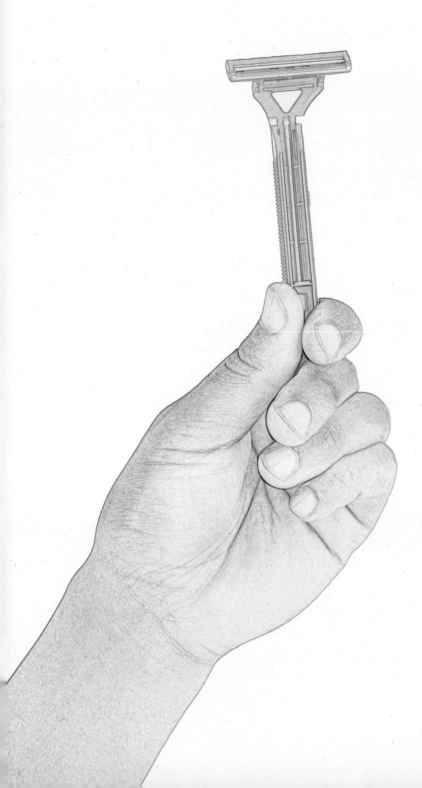

책상

한 사람의 책상에는
한 사람의 인생이 담겨져 있다.

책상 위에 펼쳐진 물건들
그의 오늘 얼굴 표정이 그려져 있고
책꽂이에 꽂힌 책들 사이엔
그녀의 내일의 미래가 펼쳐져 있다.

한 평도 안 되는 작은 공간에
우주를 품에 안는
그들만의 커다란 꿈이 자라고 있다.

연탄구멍 맞추기

똑같은 크기
똑같은 구멍

크기도 똑같고
구멍 개수도 똑같은데

내가 갈아 끼울 때마다 달라지는 너
넌, 왜 꼭 나한테만 심술을 부려?

엄마가 갈 때도
아빠가 갈 때도
형아, 누나가 갈 때도 가만 있더니

넌, 왜 꼭 나한테만 심술을 부리는 거야?

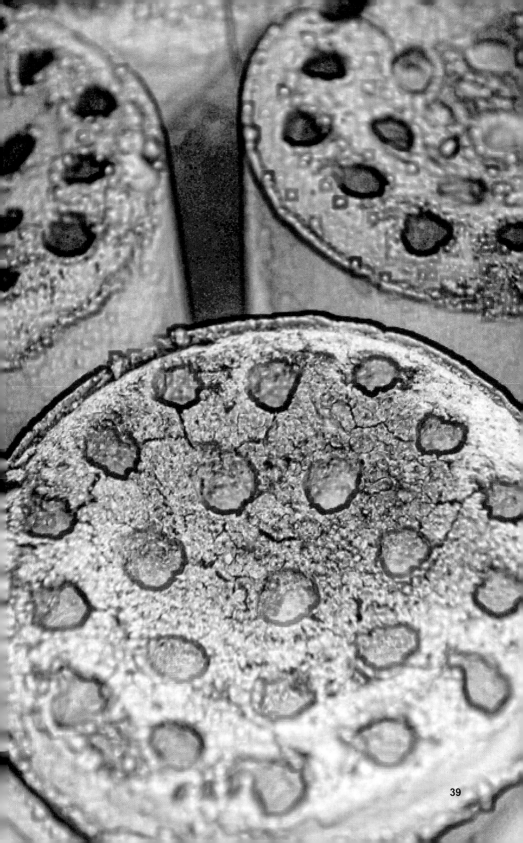

줄다리기

밀고 당기고, 밀고 당기고
눈 쌓인 겨울바다에서 줄다리기가 한창이다.

끝없이 펼쳐진 파도 친구들은 청군
밤새 소복소복 쌓인 하얀 모래사장은 백군

밀고 당기고, 밀고 당기고

파도 친구들이 조금씩 모래사장을 점령한다.

수적으로 열세인 하얀 모래사장이 안쓰러운지
하늘에서는 끊임없이 백군 지원군을 내려보낸다.

청군 이겨라, 청군 이겼다.
반나절간의 팽팽한 줄다리기는 청군의 승리로 끝나고

승리를 자축하는 청군의 철썩거리는 함성소리와
흔적도 없이 사라져 버린 백군을 슬퍼하는 설비만 고
요히 내린다.

눈꽃과 눈송이

나뭇가지 위에
꽃이 핀 것처럼 얹힌 눈꽃이라는 우리말

눈이 오기 시작할 때
성글게 떨어지는 눈송이라는 북한말

밤새 내린 하얀 세상을 바라볼 땐
우리말이 머리에 와닿는데

오후 햇살을 뚫고 내리는 눈을 정처 없이 바라보니
북한말이 가슴에 와닿는다.

포스트잇 2

오늘 할 일, 내일 할 일
조목조목 쉴 틈 없이 일거리를 적어 놓는다.

노란 정사각형 포스트잇은
한 장 한 장 쉼 없이 내 책상 벽을 도배한다.

하나는 떨어지고
그 자리에 두 개의 포스트잇이 따라 붙는다.

떨어지고 붙고
또 떨어지고 붙고

그 사이 나의 한숨은 더 늘어나고
나의 소중한 사람들은 나를 떠나간다.

그렇게 내가 사랑하는 사람들이 다 떠나가고
나 홀로 이 자리에 남아 버려진 포스트잇을 한 장 한 장 정
리한다.

Back
Back
Back
15:30

Call
Perry

Denny
Calledat
8:24
am

Check
Out look
first

Back at
8:30

Payment
Due 3/12

Tuesday
1:00
pm

Fri
8am-
4pm
meeting

NOTES 7PM 8PM 9PM

45

게스트하우스

전국방방곡곡, 게스트하우스
여행객의 쉼터, 게스트하우스
부담 없는 가격, 게스트하우스
혼자만의 여행, 게스트하우스
색다른 만남의 장, 게스트하우스

그래서 난,
게스트하우스가 좋다.

커플점퍼

을씨년스런 겨울 바다,
바람의 전사들은
자신들의 영토를 침범한 해변의 연인들을 경계한다.

파도의 정예병들을 급파해
철썩~ 철썩~
침입자의 고막을 마구 때려도
그들은 정예병들을 거들떠도 보지 않고 서로의 얼굴만 마
주 보며 침입을 멈추지 않는다.

결국,
바람의 전사들이 직접 출병해
오만한 침입자들에게 매서운 공격을 퍼붓는다.

맹공이 그 수위를 높여갈수록
위기를 느낀 침입자, 해변의 연인들은 한 몸으로 합체해
전사들의 맹공을 방어하며 종종걸음으로 후퇴하기 시작
한다.

전략적 후퇴를 한 침입자들은
바람의 전사들의 맹공을 막을 수 있는
새로운 방어무기,
커플 점퍼를 개발해 착용하고 겨울 해변을 점령한다.

바보상자

리모컨을 잡는다.
티브이를 켠다.
채널을 돌린다.

티브이를 본다.
프로그램이 끝난다.
채널을 돌린다.

티브이를 본다.
프로그램이 끝난다.
채널을 돌린다.

무한반복
어느 순간 나는 나도 모르게
멍~하니 채널을 돌리고 있다.

건빵

군복바지 양쪽에 달린 주머니 이름은,
건빵 주머니

왜 바지 주머니 이름이 건빵 주머니일까, 했는데
건빵을 받아 넣어보니 이해가 되었다.

비어있는 건빵 주머니를 입고 순찰을 나가면 뭔가 허전한데
양쪽 주머니에 건빵을 넣고 순찰을 나가면 마음까지 든든
해지는 건빵 주머니

그렇게 나는 건빵과 함께 군 생활을 보냈다.
무언가에 의지해야 했고
무언가를 통해 기쁨을 찾아야 했던, 그 험난하고 기나긴
군 생활을 난 그렇게 건빵과 함께 보냈다.

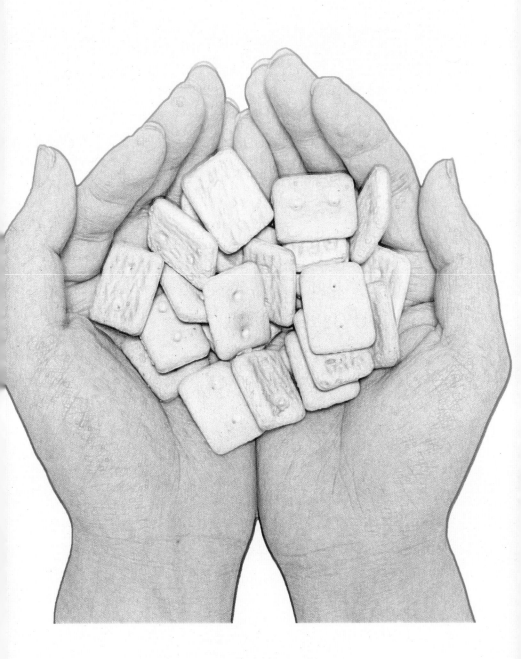

파도 소리

처~얼~썩~ 철~썩~
넌, 먼 여행을 떠나온 바다의 유랑자

환영하듯 한 마리 이름 모를 바닷새가
하얀 거품을 일며 층층이 밀려오는
파도 계단 위를 수평비행 한다.

나는 가만히 주저앉아 귀 기울여
너의 목소리를 들을 준비를 한다.

저 깊고 넓은 심해로 여행을 다녀온
너의 여정을 오늘만은 온종일 들어보고 싶다.

처~얼~썩~ 철~썩~

쉬지 않고 떠드는 너의 수다를 듣다 보니
이미 너는 나의 발목까지 차올랐는데도
난 그것도 모른 채 너의 목소리만 귀 기울여 듣고 있다.

치실

예전엔 너의 존재 자체가 없었는데
요즘은 널 찾는 이들이 너무 많다.

아침 먹고 널 찾고
점심 먹고 널 찾고
저녁 먹고 널 찾고
야식 먹고 널 찾고

참 너는 정신없겠다.

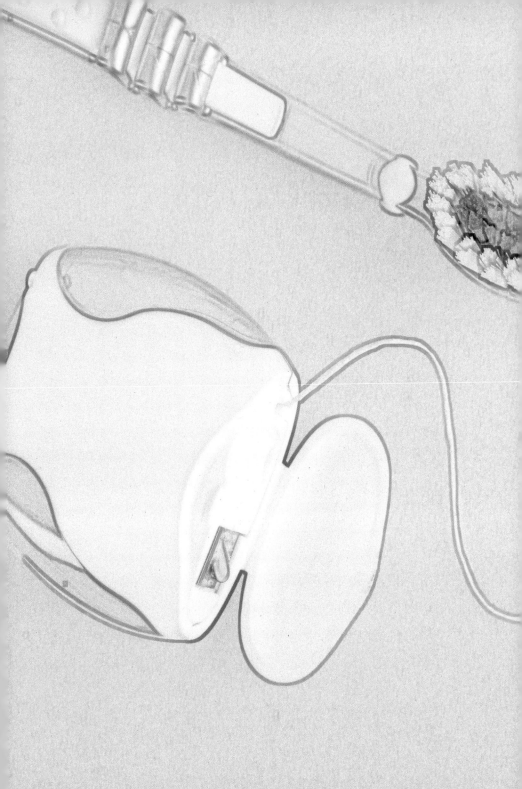

면봉

새하얀 속살을 양손에 드러내고
넌 누구를 기다리고 있니?

아야, 아야…
넘어져 무릎이 깨진 꼬마 아이에게 달려가
연고를 발라 주는 너,
넌, 그 꼬마를 기다린 거구나?

아이 시원~하다…
대머리 할아버지께서 목욕탕에서 나오자
할아버지 귓속을 청소해 주는 너,
넌, 그동안 그 할아버지를 기다린 거구나?

세상의 온갖 상처를 치료하고
세상의 온갖 더러운 곳을 청소해 주는 너,
넌, 참 너희 하얀 속살처럼 마음도 새하얀 친구로구나?

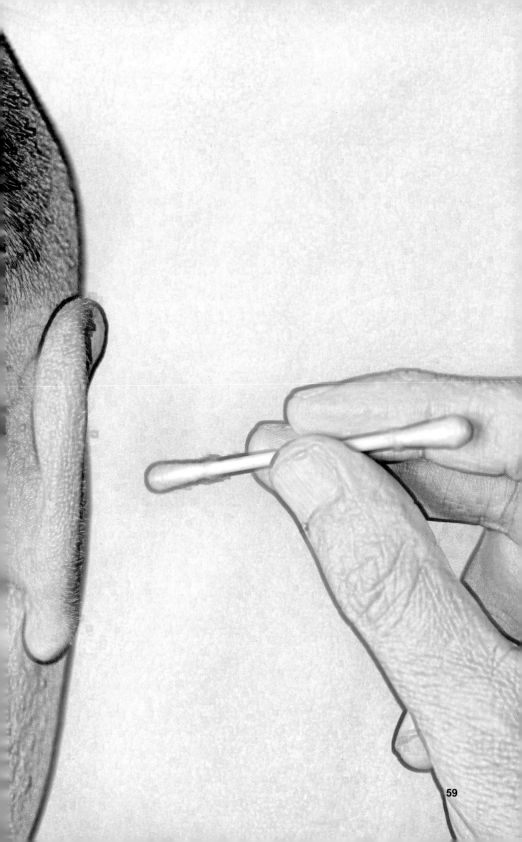

59

휴대폰

전화를 건다.
전화를 받지 않는다.

문자를 보낸다.
답신이 없다.

카톡을 보낸다.
수신확인조차 되지 않아 내가 보낸 카톡문자에
그대로 1이라는 숫자만 표시되어 눈을 감는다.

핸드폰을 바라본다.
미동도 없다.
그래도 계속 바라본다.
하루 종일 너만 바라본다.

문어

팔팔 끓는 냄비에 문어 한 마리
살아보겠다고 꿈틀꿈틀…
또 어떤 이는 그걸 먹어보겠다고 쿡쿡 눌러 눌러…

난,
문어일까?
그걸 쿡쿡 누르는 사람일까?

아무래도 난,
문어인 듯하다.
살아보겠다고 발버둥 치는 그 가녀린 문어 한 마리…

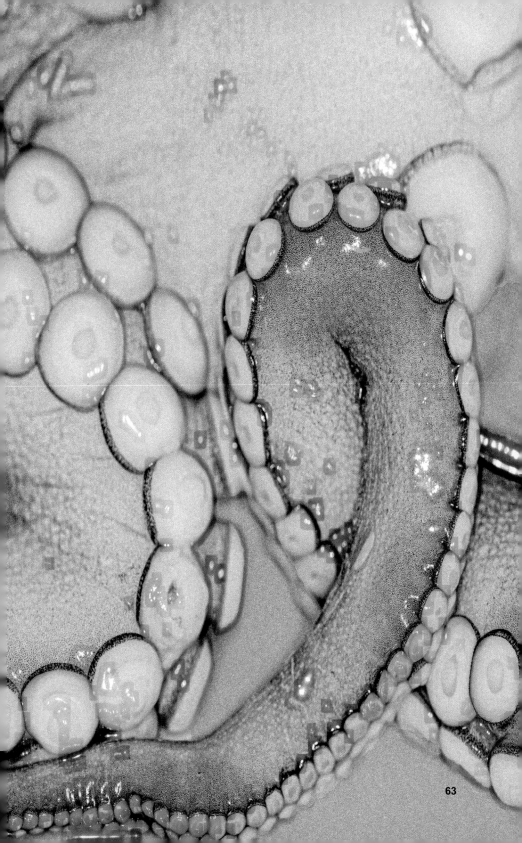

소라

사장님, 소라 한 접시?
손님의 주문소리에 포차 주인아주머니 손놀림이 바빠진다.
꿈틀꿈틀 서로 엉키어 이리 뒹굴 저리 뒹굴
소라친구들도 덩달아 움직임이 바빠진다.

술 취한 아저씨 하나가 생소라를 먹겠다고
짱돌로 소라 껍데기를 마구 친다.
소라껍질이 짱돌에 부서져 벗겨질수록
맨살의 소라는 부끄러워 더 웅크려 몸을 숨긴다.

제 성질에 못 이긴 취객은
껍질과 맨살이 범벅이 된 소라에게 침을 뱉으며 사라지고
길바닥에 버려진 상처투성이 소라는
지나가는 오토바이 바퀴에 흔적조차 사라지고 만다.

손

나 어릴 적
때 묻은 손은
세상의 때를 씻어 주었고

어른이 된
깨끗한 손은
세상의 때를 더한다.

한 치도 못 되는
작은 손이여

너는
네 주인의 가슴이니라…

2장

아픔

산정현

지난 전소연 사고 이후
가슴을 찢는 방황의 세월을 보내는 동안
난,
가족, 형제는 물론, 그 누구와도 연락을 끊은 채
후회와 반성의 시간을 보내왔었다.

그런 나에게
시원한 가을 바람처럼 스며든 한 사내가 있었다.
따스한 봄 바람처럼 스며든 한 어머니가 계셨다.

그렇게,
산정현에 살고 있는 마음 따뜻한 그 모자 덕분에
나는 오늘,
등 돌린 세상에 한 발짝 첫걸음을 내딜 용기를 가져본다.

은인과 유배

방황의 세월 동안
정약용의 유배생활 일대기를 다룬 책들이
나에겐 유일한 위안이고 희망일 때가 있었다.

밥 먹는 것도 귀찮아
컵라면 하나와 소주 한 병으로 하루 식사를 대신할 때
나에게 펜을 들게 해준 정약용의 유배생활 이야기

그리고
펜을 든 순간,
위험을 무릅쓰며 나에게 용기를 주며
지금 이 순간의 따스한 안식처까지 제공해 준 고마운 은인을
떠올리게 되었다.

너무나도 이기적인 나 자신을 반성하며
난 오늘 뒤늦게,
그분에게 감사의 마음을 전해본다.

조선피자

여수 밤바다의 수많은 연인들과 가족들 사이로
한 남자가 쓸쓸히 먼 바다를 바라보며
유배생활을 지낸다.

한여름,
뜨거운 햇살 속에서
홀로 쓸쓸히 세월을 보내고 있는 그에게
현대의 시원한 냉커피 한 잔과 함께 다가온 과거의 조선
사람

조선시대 사각의 교자상에
현대인이 즐기는 맛깔나는 피자를 올려놓는
타임머신을 탄 조선피자 사장님이
오늘도,
냉커피 한 잔을 들고
과거에서 현재로
유배자의 안부를 물으러 바닷바람을 타고 살며시 다가온다.

파도 계단

늦은 저녁 해변가엔 하늘로 가는 계단이 있다.
잔잔한 파도 위로 한 층 한 층 하늘로 향하는 파도 계단

찬란했던 붉은 해가 바다 아래 눕고
잠 못 이루는 붉은 해는 파도 계단을 붉게 물들인다.

멍하니 붉은 파도 계단을 바라보면
나도 모르게 발걸음이 파도 계단을 향해 가고 있다.

잘 있어라, 나는 간다.
한바탕 신명나게 떠들어대다가
미련과 아픔만 남기고 나는 이제 떠나간다.

상식이 통하는 세상

사람 사는 세상을 만들고 싶었던
바보 노무현 대통령의 일대기를 보며

나는
상식이 통하는 세상을 만들고 싶었다.

무리한 욕심이었다.
무모한 도전이었다.

그 욕심과 도전 때문에
난 모든 것을 잃었다.

40여 년간 쌓아온 명성과 직장, 동료, 지인들…
피를 나눈 형제와 나의 사랑하는 가족까지도
한순간에 모든 것이 신기루처럼 사라져 버렸다.

79

유배

상식이 통하는 대한민국을 만들고자 했던 나는
한순간에
세상과 단절하고
가족과도 이별을 고한 채
시골 한적한 바닷가 마을로 들어간다.

반복되는 지루한 일상으로
시간의 흐름이 멈추어버리고,
굳게 닫힌 컨테이너 창문은
낮과 밤의 분간조차 흐릿하게 만들어버렸다.

그렇게
드림랜드를 꿈꿨던 나는
현대판 유배생활을 시작하게 되었다.

벤치

1년 365일 넌 하루도 쉬지 않고 그 자리는 지키는데,
난 왜 내 자리 하나를 지키지 못할까?

넌 비가 오나 눈이 오나 바람이 부나
꿋꿋하게 너의 자리를 지키는데

나는 왜 작은 바람 하나에도
내 자리를 지키지 못하는 걸까?

넌 사랑하는 연인, 인사불성 취객, 노숙자 가리지 않고
세상 모든 사람들에게 쉴 공간을 내어 주는데

왜 난 내가 사랑하는 가족한테도
맘 놓고 쉴 작은 보금자리 하나 지켜주지 못하는 걸까?

차디찬 겨울바람에 홀로 눈 쌓인 너를 보며
난 오늘도 너에게 질투를 느낀다.

단호박

가을 녘부터 도롯가에 쌓여있던
단호박 네 덩이

하루가 가고 이틀이 가도 변함이 없는
단호박 네 덩이

한 달이 가고 두 달이 가고 함박눈이 내린 오늘까지
단호박 네 덩이는 그대로 남아있다.

너도 나처럼 사람들에 잊혀져 가는
투명인간 신세인가 보다.

등대

나는 인생의 화려한 햇살 속에서
어둠을 몰아내는 저 등대처럼
누군가의 어둠을 밝혀주는 등대이고 싶었다.

인생의 어둠이 내려앉자,
내 등대는 내 인생의 어둠조차도 밝히지 못하는
고장 난 등대라는 걸 이제야 깨달았다.

내 인생을 비추지 못한다는 자괴감보다
내 가정의 어둠조차도 비추지 못하고
덩그러니 서 있는 고장 난 등대 신세가 눈물겹게 서글펐다.

컵라면에 소주

아침, 점심, 저녁…
하루 세 끼, 때가 되면 여지없이 돌아오는 식사시간

가족과 함께 있을 땐
사랑하는 가족들과 하하호호 수다 떨며 식사를 하고
동료들과 함께 있을 땐
업무 스트레스를 동료들과 나누면서 끼니를 챙겼다.

가족과 동료들을 모두 떠나보낸 나
아침은 귀찮아서 굶고
점심은 쓸쓸해서 굶는다.

저녁 무렵 배가 고파진 나는
아점저로 처음이자 마지막 식사를 시작한다.
컵라면과 소주로 그렇게 오늘 식사를 마무리한다.

성탄

TV를 켜도
길거리를 헤매도
어딜 가나 성탄절 분위기다.

우리 집에도 성탄절을 기다리는 아이들이 있다.
그런데 난 갈 수가 없다.
성탄절을 기다리는 우리 아이들에게 갈 수가 없다.

올해는
아빠 없는 성탄절을 보낼 아이들 생각에 맘이 시리다.
올해만 그럴 지,
내년에도 그럴 지 기약이 없다.

나

난 누굴까?
지금 난 내가 누군지 모르겠다.

평생직장이라 생각했던 교직도,
나의 보금자리였던 사랑하는 가족도,
더 이상 나의 것은 아무것도 없다.

가족과 직장을 떠나
외딴 곳에 버려진 나

나는
과연 누굴까?

그림자

뚜벅뚜벅
한 걸음 한 걸음
나는, 나를 바라보며 걷는다.

어깨를 축~ 늘어트리며 그렇게
난, 지친 나를 위로하며

뚜벅뚜벅
한 걸음 한 걸음
그렇게 힘겨운 걸음을 내딛는다.

바삐 살 땐 전혀 보이지 않았던
나의 분신이
오늘따라 너무 나를 슬프게 잘도 따라 한다.

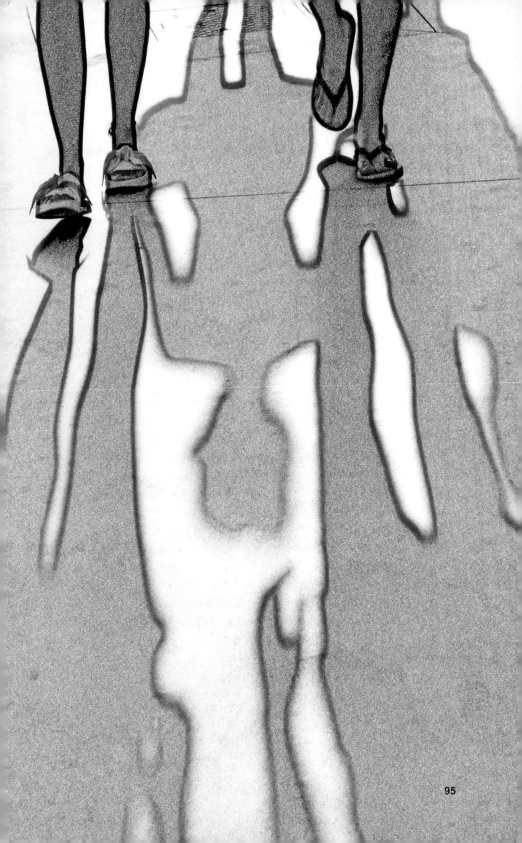

무

없다.
아무것도 없다.

이름도
명예도
자존심도
아무것도 없다.

내 이름 하나면 통하는 때가 있었다.
그렇게 신명나게 놀았다.
그렇게 잘 놀았으니 이제 버리고 떠나야 하나?

싫다.
억울하다.
이대로 떠나기엔 내 삶이 너무 불쌍하다.

상처

아프다
칼날에 베인 상처보다
에이포 종이에 베인 상처가 더 아프다

예상된 큰 상처보다
예상치 못한 작은 상처가 더 아프다

조폭이나 깡패한테 맞은 상처보다
믿고 지낸 친구와 동료한테 배신 당한
상처가 더 아프다.

난 그렇게
소중한 나의 가족, 형제, 지인들에게
상처만을 남기고 말았다.

고통

아프다
마음이 아프고
가슴이 아프고
머리가 아프다

몸부림치는 고통 속에서
나는 누군가를 생각한다.

마음이 아프고
가슴이 아프고
머리가 아파도
나는 그 누군가를 생각하며
오늘 하루를 버틴다.

커피

난 원래 커피를 좋아하지 않는다.

그런데,
나이가 들어가니 커피 향에 끌린다.
시간이 남아돌아 커피 향에 더욱 끌린다.

그렇게
한 잔, 또 한 잔…
눈을 뜨자마자 모닝커피와 함께
잠들기 전까지 커피를 마신다.

그렇게
쓰디쓴 세월을 함께 마신다.

하루

하루 24시간
매일 똑같이 주어지는 24시간이
나는 매일매일 다르게 느껴진다.

어떤 날은 너무 길고
또 어떤 날은 너무 짧다.

어떤 날은 내일 하루가 간절히 기다려지고
또 어떤 날은 내일 해가 뜨지 않기만을 기원한다.

해가 가고 날이 갈수록
기다려지는 내일보다
오늘 하루가 마지막이길 바랄 때가 잦아진다.

집

집
나의 집
지금, 나의 집이 없다.
돌아갈 나의 집이 없다.
떳떳하게 돌아갈 나의 집이 없다.

사랑하는 아내가 있고
사랑하는 나의 아이들이 있는 곳
난, 더 이상
그곳으로 돌아갈 수 없다.
그곳으로 돌아가기엔 너무도 멀리 와버렸다.

그립다.
보고 싶다.
미안하다.
사랑한다.
후회해도 이젠 그 집에 내 자리는 없다.

꺼이꺼이

큰 목소리로 목이 멜 만큼
큰소리로 우는 모양이라는 부사어

머리로만 이해했던 그 부사어를
'판도라'라는 영화를 보며 처음으로,
가슴으로 이해하기 시작했다.

뜬구름 쫓아 떠돌아다니다
사랑하는 울보 공주를 집에 두고 나오면서

꺼이꺼이…
요즘은 그렇게 매일
온몸으로 사무치게 그 부사어를 이해하고 있다.

지우개 똥

그렇게 당하고도 정신을 못 차린다.
매일매일 지우개로 깨끗이 지웠다 생각했는데
다시 눈을 뜨면 지우개 똥만 내 머리를 어지럽힌다.

무슨 미련이 아직도 남았을까?
부, 명예, 권력…
정작 내 인생을 행복하게 해준 건 하나도 없었는데
난 왜 지금껏 이런 것들에게만 집착하면서 살아왔을까?

후회를 하고 또 후회를 하고
집착의 흔적을 지우며 잠이 들지만
다시 눈을 뜨면
여지없이 미련이란 지우개 똥만 눈앞에 어지럽혀 있다.

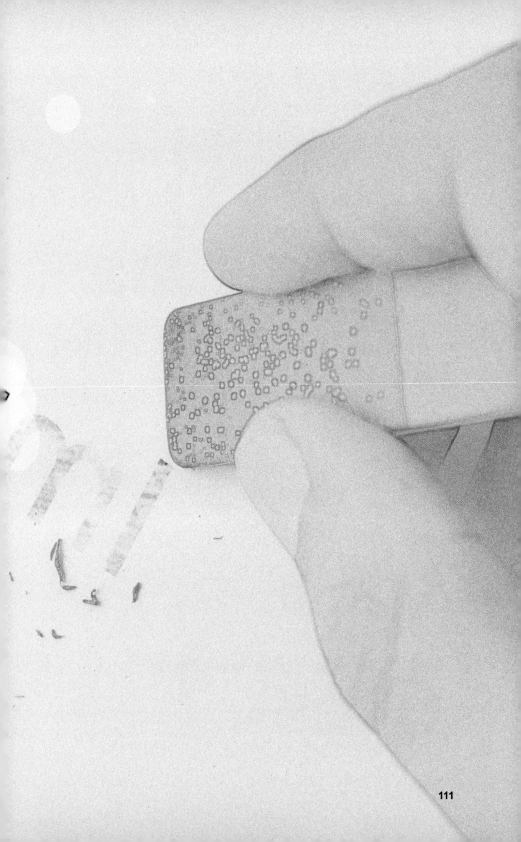

내 번호

017-653-4957
1999년 커플 폰으로 장만한 내 핸드폰 번호
010 시대로 넘어온 지 한참이 지나서도 고집했던 내 번호
18년 동안 내 번호로 거쳐 간 사람들이 얼마나 될까?

가족, 친구, 동료, 제자, 강의, 여행 등
수많은 사람들에게 자신 있게 소개한 내 번호

나에게 사랑을 속삭여주고
나에게 소중한 아이들의 소식을 전해주며
수많은 사람들에게 관심과 사랑을 들려주었던 내 번호

이제는 내 번호가 없다.
한순간의 실수로
수많은 독촉문자와 음성메세지의 무게에
내 핸드폰 번호는
영원히 돌아올 수 없는 심해로 침몰하고 말았다.

보금자리

18년의 방황 끝에 마련한 나의 보금자리
리어카 이사로 시작한 나의 이주 생활은
몇 번째인지 셀 수가 없을 정도로 고단한 내 인생의 발자
취를 대신한다.

이제야 만족할 만한 내 보금자리를 얻었는데
1년도 안 되어 쫓겨나는 신세가 되어버렸다.

그 보금자리는 나만의 보금자리가 아니다.
나와 18년을 함께 살아온 아내와
그 사이에 태어난 두 아들과 딸의 보금자리다.

넌, 무슨 자격으로 그 소중한 보금자리를 빼앗아 가는가?
넌, 무슨 자격으로 그들에게 시련을 주는가?
넌, 아무 자격도 없다….

아픈 사랑

사랑한다.
많은 이들이 서로 사랑을 한다.
가족과
연연과
친구와
동료들과…

그 사랑은
사람들에게 기쁨을 주고 풍요롭게 만든다.

그러나
모든 사랑이 그렇지만은 않다.

아픈 사랑
너무도 사랑하지만
장미 가시처럼 사랑하는 사람을 다치게만 하는 사랑
그런 아픈 사랑이 있다.

지금 내가
그런 사랑을 하고 있다….

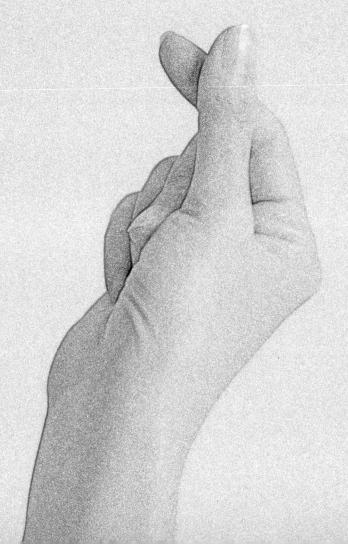

나쁜 사랑

사랑한다.
진심으로 사랑한다.
그러나 사랑하면 안 되는 사랑이 있다.
그런 사랑은 나쁜 사랑이다.

서로 사랑하고
진심으로 서로를 위하지만
그 사랑 때문에 너무도 많은 사람들이 아파하면
그건, 나쁜 사랑이다.

사람이 사람을 사랑하고
진심을 다해 사랑할지라도
나쁜 사랑은 서로에게 상처만 준다.

나쁜 사랑은
상처만 준다.

무게

무겁다.
내 삶의 무게,
너무 무겁다.
내려놓을수록 또 다른 짐이 나의 어깨를 짓누른다.

내려놓아야지
그래 이제는 좀 내려놓아야지
그래도 내 어깨의 짐은 아직도 무겁다.

무겁다.
내려놓는다 죽어라 내려놓는다 내려놓아도
아직도 무겁다.

거짓된 내 인생처럼
내려놓을수록 더 무거워진다.

메모리

기억한다.
기억하고 싶다.

난, 그렇게 하루하루 기억하며 하루를 살아간다.

자전거 타며 함께만 있어도 행복했던 그 시간
난 그 기억을 잃어버렸다.

붕어빵 한 봉다리에 행복했던 그 순간의 행복을
난 잃어버렸다.

아프게 하지 말아야지
힘들게 하지 말아야지

그렇게 첫 단추를 잘못 꿰었나 보다.
함께할 시간에
나 혼자만 상상의 세계 속에 살았나 보다.
그래서 내가 이 모양인가 보다.

하루 2

눈을 뜬다.
하루가 또 시작된다.

누더기가 된 몸을 일으켜 샤워장으로 이끈다.
머리를 감고 양치를 한다.
정신이 든다.
진짜 하루가 시작된다.

전쟁터에 나간다.
부딪히고 부딪혀 피투성이가 되어 되돌아온다.
피투성이가 된 몸을 이끌고 다시 샤워장으로 향한다.
그렇게 하루가 또 저문다.

바닥

이게 바닥이겠지 했는데
아니다.
지하실이 있다.

이게 바닥이겠지 또 했는데
아니다.
지하실 밑에 또 지하실이 있다.

죽어라 딛고 올라오면
더 밑으로 추락한다.

내 인생의 바닥은
도대체 어디란 말인가?

사기꾼

너의 또 다른 이름, 사기꾼

그중에 가장 큰 사기는
18년을 속여 살아온 아내에 대한 사기

그 다음은
아비 역할을 뒤로한 채 살아온
사랑하는 우리 아이들에 대한 사기

마지막으로
42년 인생을 스스로 속여온
네 자신에 대한 사기

너는 그런 못난 사기꾼이다.

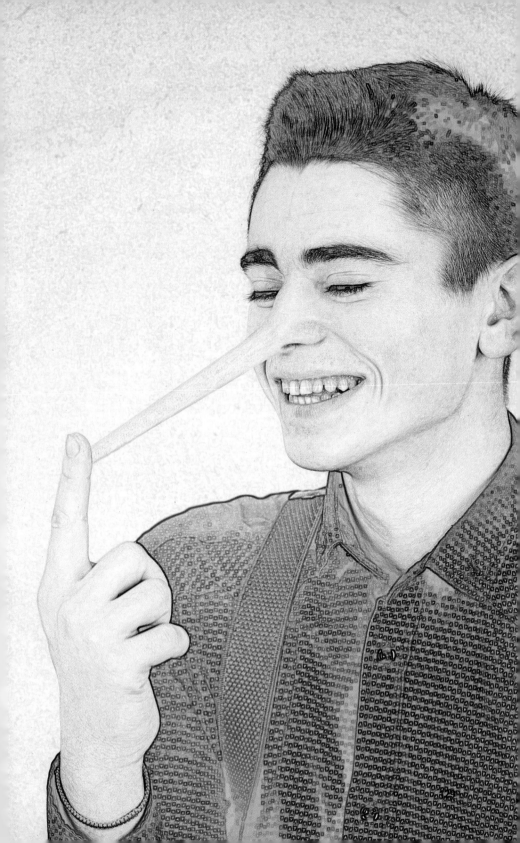

눈물

눈물이 흐른다.
울고 싶을 때는 정작 흐르지 않던 눈물이
쉴 새 없이 흐른다.

후회돼 울고
답답해 울고
서러워 울고
미안해 운다…

그렇게 울다 지쳐 주변을 돌아본다.
그동안 제대로 눈길 한번 주지 않았던
소중한 나의 사람들을 돌아본다.

131

고통 2

아프다.
여덟 번의 수술과 여덟 번의 입원으로
망가진 내 오른쪽 발목
반복된 수술과 오랜 시간으로 연골이 닳아 없어져
걸을 때마다 뼈를 짓이기는 고통을 느낀다.

아프다.
다섯 번의 도전과 다섯 번의 실패로
망가진 내 영혼과 가족
반복된 무모한 도전과 눈덩이처럼 커져만 가는 상처에
숨을 쉴 때마다 가슴이 찢어지는 고통을 느낀다.

눈을 뜨면,
육체의 고통 따위는
더 이상 아픔을 느끼지 못할 정도로 가슴이 아프다.
눈을 뜨기가 무섭다.
그래서 난 자꾸 눈을 감는다.

결국 난,
맹인이 되고 말았다.

발자국

밤 사이 하얗게 색칠한 도화지 위에
한 발짝 한 발짝 나는 조심스레 스케치를 한다.

설렘의 한 발짝
기대의 한 발짝

오만의 한 발짝
편견의 한 발짝

후회의 한 발짝
미련의 한 발짝

통한의 한 발짝
아쉬움의 한 발짝

새하얀 내 인생의 도화지는
그렇게 상처와 미련의 발자국으로
서서히 망가져 가 고 있었다.

중간 중간 단 한 번만이라도
내가 내딛은 발자국을 되돌아보았더라면
이렇게 진흙탕 범벅은 되지 않았을 것을······.

부정

아니다.
아닐 거야
아니면 좋겠다.

말도 안 되는
지금 이 순간을
부정하고 또, 부정해 본다.

신

신이라는 게 있을까?
이 모든 게 신의 뜻이라면
지금 이 상황도 무슨 뜻이 있으시겠지?

가정으로 돌아가라는 뜻?
가정에 충실하라는 뜻?
가정의 소중함을 절실히 느끼라는 뜻?

세 아이를 낳고 키우면서
솔직히 가정에 너무 충실하지 못했다.
그래서 신께서 이렇게 가혹한 벌을 내리나 보다.

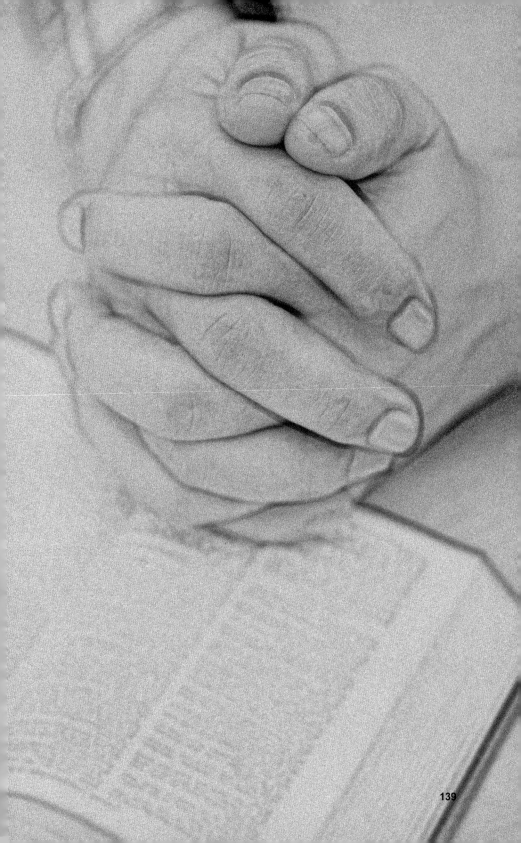

혜민 홍길동

惠, 베풀 혜
民, 백성 민
부정한 관리들과 부자들의 재산을 털어 백성을 보살폈던,
임꺽정, 장길산과 더불어
조선시대 3대 도적으로 손꼽히는 홍길동.

20여 년 동안,
기업 오너들과 맞서
소액주주운동을 펼쳐온 그에게 개미들이 붙여준 별명.

혜민, 홍길동…

기업 오너들에게만 유리한 상법을 개정하고,
소액주주들의 권익을 보호하며,
부자증세, 재벌개혁, 기업지배구조 개선 등

무너져버린 그를 대신해
부디,
그가 이루고 싶었던 이러한 꿈들을 실천할

제2의 혜민 홍길동이 나타나 주길
두 손 모아 간절히 기도해 본다.

노숙과 절실함

대한민국 최연소 신지식인 선정
대한민국 최다 특허교육 기네스 등재
대한민국 최초 특허엔젤 사업 추진
세계 최초 SNS연동 온라인 발명e노트 개발 및 시행 등

노회현,
그의 이름 앞에는
항상 최연소, 최다, 최초 등의 수식어가 따라다녔다.

억대 연봉의 잘나가는 스타강사였던 그가
대한민국에서는 도저히 이룰 수 없는 꿈을 꾸어
부, 명예, 가족, 지인…
모든 것을 잃고,
한순간에 노숙자로 전락해 버렸다.

폐차에서 웅크려 자고
산과 바다를 떠돌며
야생 산감과 밤을 주워 모아 비축하고
여행객들이 고장 나 버린 낚싯대를 주워 물고기를 잡아먹

었다.

가족과 지인들에 대한 속죄,
노숙생활을 하며 없던 식탐까지 생기며
죽고만 싶었던 그가
그렇게라도 살아남아야 했던 절실함이었다.

낚시

꾸부정하게 웅크렸던 온몸의 기지개를 편다.
돌돌 감겨 묶여있던 손발도 펴고
갈고리로 신선한 지렁이와 새우까지 맘껏 움켜쥔다.

그렇게 굶주렸던 배를 모두 채우고
창공을 날아올라 넓고 넓은 바다로 뛰어든다.

어두웠던 가죽 감옥에 갇혀 있던 세월
퀴퀴한 지하 감옥에서 기약 없이 갇혀 있던 수감생활
그 세월을 보상이라도 받은 듯
나는 지금 푸른 바다를 실컷 유영하고 다닌다.

수많은 새로운 친구들을 만나고
바다 친구들과 넓은 세상 이야기를 듣는다.
신세계에 빠져 있는 동안,
첫눈에 사랑에 빠진 바다 친구와 한 몸이 되었다.

열렬하고 뜨거웠던 우리의 사랑이 질투를 불러
우리 둘은 결국 바다 밖으로 추방 되고 말았다.

바다 밖으로 추방되어 나온 우리는
바다 밖 세상의 욕심 때문에 또 강제로 생이별을 고한다.

쓰라린 이별의 슬픔도 잠시,
난 또 바다로 뛰어들어
새로운 사랑을 애타게 기다리고 있다.

그렇게 끝도 없는 사랑과 이별을 감내하면서….

치매

세상에서 가장 슬픈 병
세상에서 가장 아픈 병

가족도
친구도
심지어 나 자신도 잊어버리는 나쁜 병

병에 걸린 사람보다
병에 걸린 사람 곁에 있는 사람이 더 고통 받는 병
사람들은 그 병을 치매라고 부른다.

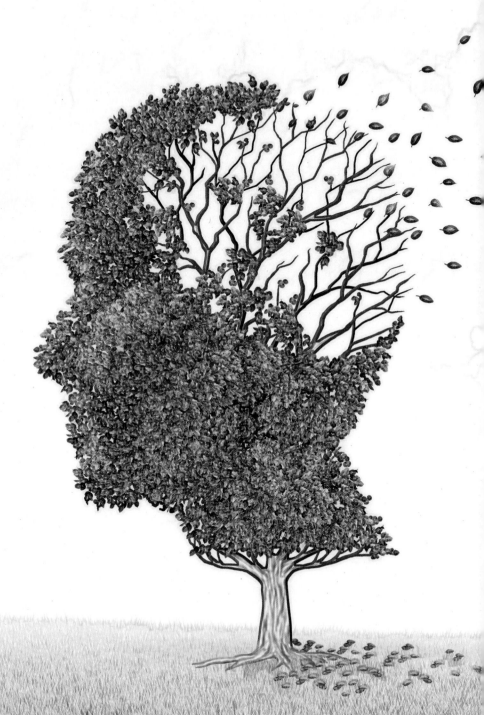

깨져라, 부서져라! 형태를 알아볼 수 없게…

열심히 살았는데
죽어라 뛰었는데
나에게 돌아온 건 실패와 좌절뿐인가요?

그럼 당신을 내동댕이치세요.
내동댕이쳐서 더 당신을 깨트려 버리세요.

깨트렸다고요?
아니요,
아직 덜 깨졌기 때문에 당신이 지금 힘든 겁니다.

지금보다 더
지금보다 완전히
당신이 가진 모든 것을 내려놓고 부서져 버리세요.

어설프게 깨지면
어설프게 깨진 조각을 하나하나 맞추려 하지만
완전히 부서져 버리면
반죽부터 새롭게 다시 시작할 수 있으니까요!

149

방황

집을 나선다.
갈 곳이 없다.

버스를 탄다.
목적지가 없다.

아무 곳에서나 내린다.
두리번거린다.

길을 걷는다.
정처 없이 걷는다.

다리가 아파 쉰다.
배가 고파 쉰다.

길거리를 지나는 행인을 바라본다.
모두들 부지런히 제 갈 길을 간다.

나만 혼자 정처 없이 떠돈다.
갈 곳도, 만날 사람도, 아무것도 없이….

술버릇

술을 먹는다.
술에 취한다.
전화기를 든다.
문자를 보낸다.

술 취해 보낸 문자를
다음 날 술 깨고 볼까 봐
보낸 문자함을 비운다.
통화 목록도 지운다.

분명 술에 취해
누군가에게 문자를 보냈는데
술이 깬 나는
지난밤의 오싹한 전화기 범죄를 전혀 모른다.

겨울 밤바다

칠흑 같은 어둠이 깔리고
빨간 등대, 하얀 등대 나란히 불을 밝힌다.

등대 불빛 따라 한 걸음 한 걸음 발을 옮기면
매서운 바다 바람만이 나를 때린다.

파도 소리는 들리는데
파도는 보이지 않고

울부짖는 내 목소리만
보이지도 않는 파도에 부딪혀
메아리 되어 되돌아온다.

꿈

꿈이었으면 좋겠다.
길~게 한숨 푹 자고 나면
예전의 그때로 돌아갔으면 좋겠다.

하하 호호
웃을 일만 가득했던
행복했던 그 순간으로 돌아갔으면 좋겠다.

157

흰 눈

소복소복 밤새 쌓인 하얀 눈
발걸음이 차마 떨어지지 않는다.

새하얀 도화지에
내 더러운 세상의 때로 더럽히기가 부끄럽다.

새하얀 도화지를 한참을 바라보다
난 결국 그 도화지에 때를 묻힌다.

한 발짝, 한 발짝…
내가 더럽힌 새하얀 도화지는 진흙탕이 되어
사람들 눈살을 찌푸린다.

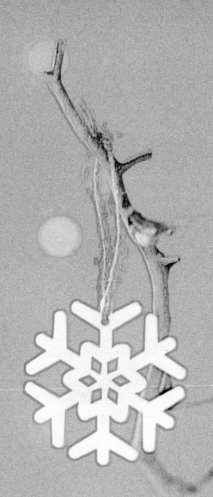

3장

희망과
꿈, 사랑

드림랜드

국민이 나라의 주인이 되고
주주가 회사의 주인이 되는 세상

열심히 일한 만큼 보상받고
성실한 사람이 대접받는 세상

서로를 짓밟아 올라서지 않고
서로의 손을 맞잡고 함께 달릴 수 있는 행복한 세상

진실이 통하고 정의가 살아 숨 쉬는
그런 상식이 통하는 세상,
그런 드림랜드를
난, 꿈꿔본다.

계란으로 바위 치기

아주 커다란 바위를 향해
작은 계란을 쉬지도 않고 던지는 한 바보가 살았다.

그가 던지는
계란 하나는 그의 팔이요
또 다른 계란 하나는 그의 다리다.
그리고,
그의 형제요, 자녀들이요, 지인들이다.

팔다리가 다 끊어진
그의 바보 같은 짓을 바라보던 한 행인이 묻는다.

"그런다고 저 바위가 부서지겠소?"

"부서지진 않더라도 더럽혀지긴 하겠지요!"

그의 모든 몸이 산산이 부서진 어느 날,
바위 틈 사이에서 깨지지 않은 계란 하나에서 병아리 한
마리가 부화돼 바위 주위를 맴돈다.

그 여린 다리로,
그 커다란 바위 위를 오르내리며 힘차게 뛰논다.

여수 밤바다

하늘엔,
쇠줄 하나에 의지해 수많은 깡통들이 분주하게 오간다.
이른 아침부터 한밤중까지 쉬지도 않고
분주하게 사람들을 나르고 있다.

바다 위엔,
하멜의 일대기를 연신 스피커로 떠들어대는 거북이들이
릴레이 경주를 하고 있다.
하늘 깡통과는 달리,
바다 위 거북모양 깡통에 올라탄 사람들은
마주 스쳐 지나가는 거북이에게 연신 환호성을 날린다.
처음 보는 사람들에게 의미 없는 환호성을 지르며 쉼

없이 마주쳐 지나간다.

　육지 위 낭만의 거리에선,
　어디선가 봇물처럼 연인들이 쏟아져 나와 웃고 떠들
며 사랑을 속삭인다.
　길거리 포차 불쇼가 넘치는 속에서
　낭만 버스킹과 마술쇼 등 길거리 공연이 연인들의 발길
을 잡는다.

　하늘, 바다, 육지…
　그렇게 여수 해양공원은 1년 365일
　어른들에게는 일상에 지친 몸과 마음을 위로하고
　젊은이들에게는 연인들과 사랑의 추억을 가득 담으며
　꼬맹이들은 하늘에 야광 비행기를 날리고 공터에서
나인봇과 전동차를 타며 웃음꽃을 활짝 피운다.

양말

뽀송뽀송한 아침 양말
또 하루를 시작한다.

이리 뛰고 저리 뛰고
바쁜 하루가 정신없이 지나간다.

짓뭉개져 땀 냄새가 진동하는 저녁 양말
너의 주인처럼 너 또한 힘든 하루를 보냈구나!

만사가 귀찮은 것도 잠시
샤워를 하며 웅크리고 앉아
힘찬 빨래 비누질 한바탕과 함께
너와 난, 희망찬 내일을 함께 기약한다.

수능과의 짧고 긴 데이트

2017년, 올해도 한파란 놈은
여지없이 수능과 1년 만에 재회했다.
그놈은 수능과 단짝이 되고 싶어 지진까지 일으키며
데이트 날짜를 미뤘다.

올해 첫 함박눈이 쌓인 거리에서
아침부터 두 연인은 발길을 재촉하며 뛰고 또 뛰었다.

연인들의 축복을 기원하기 위해
수많은 사람들이 두 손을 모아
굳게 닫힌 교문 앞에서 기도를 올렸다.

누군가에는 고난의 시간
또 누군가에게는 기도의 시간이 흐르고

어떤 이들은 안도의 한숨을
또 어떤 이들은 아쉬움의 한숨을 쉬며
1년 뒤를 기약하고 짧고 긴 데이트를 마쳤다.

희망씨앗

벼랑 끝에서
희망씨앗을 심고 물을 준다.
햇볕 가득한 창가에 옮겨놓고
매일매일 인사를 한다.

벼랑 끝에선
나의 아픈 상처를 심고
매일매일 힘내라고 물을 주고
따스한 햇살 가득 먹으라고 격려를 한다.

하루가 지나고
한 해가 지나고
싹틀 줄 모르던 희망씨앗이 연두색 두 손을 벌린다.
 일어설 줄 몰랐던 나의 밑바닥 인생도 힘차게 기지개
를 켠다.

나눔

나눈다.
물건을 나누고
돈을 나누고
마음을 나누고
사랑을 나눈다.

처음엔 아무 생각 없이
하다 보면 벅찬 무언가를 느끼고
때가 되면 나눔의 기쁨을 누리며
결국엔
나 자신의 삶에 감사하는 행복을 느끼게 된다.

사랑

사랑한다.
모든 걸 다 바쳐 누군가를 사랑한다.

사랑받는다.
맹목적인 사랑을 주구장창 사랑받는다.

서로의 사랑은
그렇게 끝을 모르고 평행선을 긋는다.

자전거

아침저녁으로 책가방 메고 힘차게 페달을 밟았던 내 자
전거
사랑하는 사람을 뒷좌석에 태우고 달렸던 내 자전거
사랑하는 사람이 내 아이를 가지고 콧노래를 부르며 조심
조심 달렸던 내 자전거
내 아이를 뒷좌석에 태우고 하하 호호 달리는 내 자전거
때가 되면 내 손주를 뒤에 태우고 달릴 수 있는 날이 올까?

희망

내려놓는다.
미련과 집착
억울함과 비통함까지
다 내려놓는다.

그리고 시작하자
다 내려놓고 다시 시작하자
그렇게 눈물을 삼키고 다시 일어서자
언젠가 오늘을 기억하며 웃는 그날을 꿈꾸며….

돼지꿈

돼지꿈을 꾸었다.
아기돼지 두 마리와 엄마돼지 한 마리
돼지꿈은 길몽이라는데 좋은 일이 뭐가 있을까?

새총에 유리구슬을 끼워
아기돼지 두 마리를 잡고
엄마돼지는 맨손으로 잡았다.

아기돼지 두 마리는
집에 축사를 만들어 키웠는데
엄마돼지는 어떻게 했는지 기억이 안 난다.

꿈의 궁전

모든 것을 한순간에 잃어버리고 정처 없이 떠돌다가
우연히 지나친 간절곳의 드라마 촬영지

내가 꿈꿔왔던,
내가 꿈에 그리던 그림 같은 꿈의 궁전이
영화처럼 눈앞에 펼쳐져 있다.

저런 곳에서
사랑하는 사람들과
그림 같은 이야기를 만들며
이 한세상 꿈 같은 작품을 만들고 떠났으면 좋겠다.

나의 궁전에서
나는 왕이 되어
나의 궁전 안에 사는 모든 이들에게
불신도
좌절도
슬픔도
아픔도 없이

하루하루

믿음과

성공과

기쁨과

행복만을 꿈꾸며 사랑을 속삭일 수 있는

그런 무릉도원을 만들고 싶다.

기억은행

친구들과
연인들과
가족들과
동료들과
서로 오래도록 기억하고 싶은 순간들이 있다.

그래서
사진 찍고
쪽지 쓰고
편지 쓰고
자주 가는 식당 벽에 낙서를 하고…

하루가 지나고
이틀이 지나고
한 해가 지나고
두 해가 지나고
졸업을 하고
취업을 하고
결혼을 하면서 잊혀진다.

소중한 사람들과의 기억들이 잊혀져만 간다.

그래서 나는 기억은행을 만든다.

감나무골의 추억, 그리고 그리움

내가 태어난 곳은,
산 전체가 감나무로 둘러싸인 감나무골,
지금은 부유한 자산가의 선산이 되어버린 곳,
우린 그때, 그곳을 굽두리라 불렀다.

부모님은 감을 따다 시장에 내다 팔고
누이들은 감꽃을 따다 목걸이를 만들었으며
형아들은 감나무 가지를 꺾어 전쟁놀이를 하였다.

성질 급해 떨어진 땡감은 소금물에 우리고
가을바람에 물든 감들은 따서 곶감을 만들었다.
그리고,
가을서리 물씬 먹은 빠알간 홍시는,
메마른 어미 젖을 대신해 우리 형제들을 키워냈다.

겨울바람처럼 매서운 한적한 가을 오후 오늘,
나는 쓸쓸히 홀로 남아 자리를 지키는 감나무에서
하나하나 감을 따다 항아리에 담는다.

볏짚 한 층, 감 한 층
감 한 층, 볏짚 한 층
그렇게,
나의 어린 시절 아련한 추억과 그리움을
나도 모르게 줄줄 흐르는 눈물로 곱게 우려
커다란 항아리에 차곡차곡 가득 담아낸다.

언젠가 빠알갛고 달콤하게 익어가
우리 아이들 입속으로 들어갈 행복한 상상을 하며
난,
오늘 하루를 또 그렇게 버텨냈다.

그 언젠가 나의 어머니, 아버지가 그래 왔던 것처럼…

꽃비

한겨울 새벽 매서운 바닷바람은 자취를 감추고
따사로이 내리쬐는 오후 햇살이 그 자리를 대신한다.

밤새 내려 지칠 만도 한데
오후 따사로운 햇살 사이로 한들한들 눈꽃비가 내린다.

눈 쌓인 벤치에 나 홀로 앉아
4월의 벚꽃처럼
정처 없이 내리는 꽃비를 바라보다 눈을 감는다.

어디선가 들려오는
까치 연인들의 사랑의 속삭임에
내 볼에도 어느덧 꽃비가 쉬지 않고 흘러내린다.

물거품

파도가 밀려온다.
하얀 물거품을 일며 쉬지 않고 밀려온다.
갯벌 모래사장에 부딪혀 산산이 부서져도 끊임없이 밀려
온다.

부서져, 부서져버려라
그동안 거짓으로 살아온 너의 인생도
파도 위의 하얀 물거품처럼 산산이 부서져 버려라

완전히 부서져 버려
새롭게 시작해라

거짓된 욕망과 허울을 다 무너트리고
새롭게 태어나라!

저 하얀 물거품과 같이…

버킷리스트

쉬어가기
되돌아보기
내 인생의 오답노트 작성하기

명상하기
운동하기
몸과 마음을 건강하게 준비하기

읽기
쓰기
상식이 통하는 세상, 나의 드림랜드 설계하기

도전하기
부딪히기
세상과 맞서 싸워 이겨 돌아가기

거짓과 허영으로 뭉개 버린
사랑하는 나의 가족에게 돌아가기
그리고, 진심으로 사랑하기…

Bucket List

4장

아이들, 가족

아들의 선물, 그리고 엽서 한 장

오랜만에 만난 아들이
아빠 생일이라고 건네준 선물과 엽서 한 장,

아빠의 못난 욕심 때문에
고3을 앞두고 가장 힘들어할 내 아들이
오늘 아빠를 위로한다.

하루하루 자기들 생각하고 버텨 내라는,
없는 용돈까지 모아
핸드폰 케이스에 동생들 사진까지 담은,
속 깊은 큰아들의 생일선물

그리고,
정작 자신도 힘들 터인데
못난 아비 때문에
한 마디, 한 구절,
아빠를 위로하는 아들들의 엽서 한 장이
내 생애 최고로 귀하고 귀한 생일 선물로
기억될 성 싶다.

사랑한다.

사랑한다….

사랑한다….

고르비

"야, 이놈의 새끼들아~"
"안다스텐, 모른다스텐?"

수많은 유행어를 탄생시킨,
훤~한 앞머리
아니,
횅~한 이마 한쪽에 구소련 지도 모양의 흉터가 선명해
우린 그를 고르비라 불렀다.

장학금에 팔려 왔다는 혼자만의 못난 꼬리표를 달고,
입학과 동시에 방황의 세월을 보낸 못나빠진 고딩을
그는,
3년 내내 담임을 도맡으며
아버지로, 친구로, 스승으로 키워내었다.

새 신랑 고르비는,
일찌감치 비뚤어진 세상을 비난하며 방황했던 나를
그렇게 자신의 아이들과 함께 길러내었다.

어느덧,
새 신랑 고르비는 장성한 세 아이의 아버지가 되고
그에 의해 길러진 질풍노도의 고딩도
그를 따라 세 아이의 아빠가 되어있었다.

아버지의 모교에 입학한 그 못난 고딩의 큰아들이
아버지의 은사이자 자신의 은사인 고르비와 함께
오늘,
수학여행에서 돌아오는 길에 멋지게 포즈를 잡는다.

그렇게 또,
고르비는,
그 못난 고딩의 아들까지도
할아버지로, 친구로, 스승으로
끝끝내 단단하게 온몸으로 길러내고 있었다.

머리빗

꼬마 공주 유치원 갈 땐
양 갈래 머리 예쁘게 따 주는 꼬리빗

둘째 아들 까치집하며 등교할 땐
물 한 모금이면 잠재우는 응급처치용 도끼빗

한참 멋 부리는 우리 장남 큰아들은
씻는 시간보다 말리는 시간이 많은 드라이용 롤브러쉬

그리고
빗을 때마다 두피가 시원해지는 나의 영원한 친구 참빗…

우리집엔
머리빗 4총사가 매일매일 정신없는 아침을 보낸다.

형제

2018년 오늘,
형아는 고2
아우는 초4
일곱 살 터울이 나는 형제는 옛 사진을 꺼내든다.

초등학교도 들어가기 전, 형아는
이제 막 걸음마를 뗀 철부지 동생의 다리가 아플까 봐
여물지 못한 자신의 작은 등을 내민다.

형아 등에 업힌 동생은,
뭐가 그리 좋은지 형아의 머리카락을 빨아먹으며
춤을 추고 웃는다.

그랬던 형아가
오늘,
가위바위보에 진 동생에게 핵꿀밤을 놓고,
80kg이 넘는 형아의 핵꿀밤에 무너진 동생은
울다가 웃다가
형아에게 또 도전장을 내민다.

남매

아빠 없는 집에서,
형아는 고등학교 기숙사에서 지내고
바쁜 엄마를 대신해
둘째아들은 온전히 네 살 터울 여동생을 홀로 돌본다.

초등학교 4학년,
한창 부모의 관심과 사랑을 받아야 할 나의 아들은,
어린 동생의 유치원 등하교 버스를
배웅하고 마중하는 게 너무나도 익숙하다.

짓궂은 오빠 때문에
오늘도 베개 싸움으로 울고 웃는 노 남매,
오빠는 여동생에게 입체 편지를 쓰고
동생은 오빠에게 그림 편지를 그리며
오늘 하루도 보고 싶은 아빠를 기다리며 잠자리에 든다.

솜사탕

빙빙 도는 둥그런 깡통 속에
새하얀 설탕을 부으면
새하얀 구름이 피어나고
핑크빛 과일맛 설탕을 부으면
핑크빛 구름이 뭉게뭉게 피어오른다.

설탕 한 숟가락이면
보송보송한 솜사탕 한 개를 뚝딱 만들어주는
요술 같은 빙글빙글 기특한 깡통

솜사탕 사랑에 빠진 꼬맹이들은
주말마다
그 한 숟가락의 설탕 덩어리를 먹고 싶어
피곤한 아빠의 손을 잡아끈다.

우리집 방귀 소리

새벽을 알리는 첫 닭이 울면
우리집 이불 속에서도 방귀 메들리가 펼쳐진다.

 속이 안 좋은 우리 엄마의 힘없는 방구, 삐~식~
 매일 저녁 막걸리를 반주로 드셔서 소화가 잘되는 우리
아빠의 우렁찬 방구, 뿌~웅~
 우리집 귀염둥이 여동생 율꽁이의 방구, 뽀~옹~

 삐~식~
 뿌~웅~
 뽀~옹~

매일매일 반복되는
방귀 메들리 삼총사와 함께
우리집 하루가 그렇게 또 힘차게 시작된다.

참, 내 방귀가 빠졌네?
소리 없는 내 방구는?
쉿, 냄새가 일품이지!

쿠리와 코리

개구쟁이 아기돼지 남매 이름은
쿠리와 코리입니다.

쿠리와 코리는
엄마돼지와 하루하루 행복한 나날을 보냈지요.

사냥꾼에게 엄마를 잃은
쿠리와 코리는 하루하루 슬픈 나날을 보냈습니다.

우연히 숲에 놀러온 개구쟁이 꼬마아이 주땡이는
아기돼지 남매를 위해 작은 오두막집을 짓습니다.

그렇게 엄마 잃은 슬픔을 함께 이겨내고
쿠리와 코리는 무럭무럭 자라납니다.

또다시 사냥꾼이 찾아오고
 함께 뒹굴고 놀던 주땡이와 쿠리코리 남매에게 총탄이 날
아옵니다.

쿠리와 코리는 주땡이를 끌어안고 총탄을 온몸으로 맞으며
짐승처럼 울부짖는 주땡이의 눈물을 핥아 줍니다.

사랑

아이 셋을 낳고 키우며
단 한 번도 진심어린 사랑을 전하지 못했다.

바쁘다.
힘들다.
다른 가족들도 다 그렇게 산다.

이런 저런 핑계를 대며
진심어린 사랑을 전하려 노력조차도 안 했다.

추락하고
또 추락하고
날개가 짓이겨져 더 이상 날 수 없게 되자
하늘이 아니라 땅이 눈에 들어온다.

이제서야
사랑하는 내 아이들이 눈에 들어온다.

헌정

아빠와 검정 고무신

봄, 여름, 가을, 겨울…
사계절 나의 발은 검정 고무신

봄, 여름, 가을은 맨발의 검정 고무신
차디찬 겨울엔 구멍 난 겹 양말의 검정 고무신

엿장수 아저씨의 귓속말에 속아 넘긴 검정 고무신
반나절도 안 되어 귓방망이와 함께 돌아온 검정 고무신

한여름 냇가엔 고무보트로 변신했다가
아버지한테 죽도록 맞았던 나의 검정 고무신

한여름 강한 햇살에
내 작은 발에 타원형 흑백 문신을 그려주었던
조선 나이키표 검정 고무신이 오늘따라 무척 그립다.

● 돌아가신 아버지를 위한 헌정

저는 환갑둥이입니다. 대한민국 기득권 세력에 무모한 도전을 감행했던 저는 그날 이후 형제에게까지 지운 무거운 짐이 부끄러워 아버지 제사에도 참석하지 못하고 있습니다. 이 글은 아버지가 사 주신 검정고무신의 추억을 떠올리며 적은 글입니다. 오늘따라 돌아가신 부모님이 더 그립습니다. 죄송합니다. 아버지….

엄마와 빵

오늘 새벽,
엄마가 남의 집 농사일을 나가셨습니다.
"야~! 오늘은 빵 먹는 날이다."

하루 종일, 엄마를 기다립니다.
아니,
엄마가 들고 오실 빵을 기다립니다.

저녁밥 먹고,
날이 어둑어둑해지면
엄마가 옵니다.
아니,
엄마가 들고 오는 빵이 옵니다.

엄마를 마중 나온 나에게
엄마가 빵을 건네줍니다.
아니,
빵을 마중 나온 나에게
엄마가 빵을 건네줍니다.

맛있습니다.

달콤합니다.

내가 정신없이 빵을 먹어치우는 동안,

우리 엄마는 굶주린 배를 채우기 위해

냉수 한 사발을 힘겹게 들이키십니다.

● 돌아가신 어머니를 위한 헌정

초등학교 시절, 제가 일기장에 적었던 시입니다. 어릴 적
집안형편이 어려웠습니다. 가난에 절은 나머지 끼니조차 때
우기 힘들었습니다. 그 어려웠던 시절, 남의 집 일을 나간
어머니께서 집에 있을 자식생각에 새참으로 나온 빵조차 못
먹고 몸배바지에 넣어 가져오시곤 했습니다. 철없던 저는
그 빵을 탐냈더랬죠. 그 시절 제가 쓴 시입니다.

몇 해 전, 어머니는 암으로 제 곁을 떠나셨습니다. 어머
니 제사에도 참석을 못 하고 있습니다. 형제에게 지은 죄 때
문에 면목이 없어 참석을 못 하고 있습니다. 반드시 다시 일
어서서 찾아뵙겠습니다. 죄송합니다. 보고 싶습니다. 어머
니…

삼형제

한 평 남짓 작은 방에서,
삼 형제는 매일매일 레슬링을 합니다.
작은형과 한편인 나는 태권도장을 다니는 큰형과
2대 1로 겨루지만 이기는 날은 거의 없습니다.

작은 아궁이가 있는 부엌에선,
삼 형제가 나란히 요리를 합니다.
큰형은 요리사, 작은형과 나는 보조로 수발을 들며
매일매일 큰형의 요리사 자리를 탐냅니다.

아빠의 구닥다리 삼천리 자전거엔,
삼 형제가 다닥다닥 붙어 자전거를 탑니다.
큰형은 운전수, 작은 형과 나는 앞뒤에 나눠 타지만
큰형이 앉은 폭신한 자전거 안장이 한없이 부럽기만 합니다.

삼 형제는 그렇게 함께,
레슬링을 하고 요리를 하며 자전거도 타면서
어른이 되고
한 집안의 가장이 되어

그들의 아이들을 또 그렇게 북적북적 키워 나가며
옛 추억을 떠올립니다.

● 형제들에게 드리는 헌정

저는 12남매 중의 막내입니다. 찢어지게 가난한 집안이었
습니다. 하지만 막내라서 그런지, 누나, 형님들보다는 고생
을 덜 하면서 자랐습니다. 그렇게 고생만 한 형제들에게 저
는 너무나 큰 짐을 안겨드렸습니다. 죄송합니다. 반드시 다
시 일어나 떳떳하게 형제들 품으로 돌아가겠습니다.

붕어빵 한 봉다리

2평 남짓 단칸 셋방에서 보낸 신혼생활
창문으로 부엌을 넘나들며 함께 배꼽을 잡았던 신혼생활
둘이 한 이불 안에 있는 것으로도 행복했던 신혼생활
우리에게도 그런 때가 있었다.

대학 다니며 아르바이트를 5개씩이나 하면서도
자전거 뒷좌석에 집사람을 태우고 퇴근하는 길이 즐거웠다.
오늘같이 함박눈이 펑펑 쏟아지는 날이면
붕어빵 한 봉다리 사들고 집에 돌아가는 길이
정말 천국과도 같았다.

나에게도 그런 시절이 있었다.

● 큰딸(아내)에게 드리는 헌정

보증금 50만 원에 월세 8만 원짜리 주인집 다락 아래 세
모난 방에서 아내와 신혼생활을 시작했습니다. 율꽁 공주가
태어난 이후로 아내를 큰딸이라 불렀습니다. 고생만 시킨
아내를 위하며 살고자 노력했으나 또 제 무모한 욕심에 무
너지고 말았습니다.

미안합니다. 그리고 사랑합니다.

반드시 다시 일어나 예전 그 행복했던 시절로 돌아가겠습
니다.

큰아들

철부지 어린 대학시절,
두려움과 기대를 동시에 받으며
나에게로 온 천사 같은 아이, 우민

그렇게 가난한 대학생 아빠를 둔 아이는
단칸셋방 열악한 환경 속에서 찌는 듯한 무더위에
땀띠를 몸에 달며 첫돌을 보냈다.

철부지 대학생 아빠가 대학을 졸업하고,
발령받은 농촌 조그마한 초등학교 관사에서
내 아이는 학교를 집으로 알고 놀이터 삼아 종횡무진,
교장선생님까지 두려움에 떨게 했던 막무가내 울보 아이
였다.

유치원에서 배웠다며
전화기 수화선을 가위로 자르고 테이프로 붙여
자랑스럽게 잠든 엄마 아빠를 깨운 천진난만한 내 아이
싹둑 잘라진 수화기선을 하루 종일 들고 혼나며
잘라진 선을 테이프로 붙이면 된다는 유치원 선생님을

얼마나 원망하며 눈물을 흘렸을까?
그런 내 아이가
어느덧 고등학생이 되고 주민등록증까지 받았다.

그런 내 아이가
지금은 의젓하게 아빠의 빈자리를 대신하고 있다.

미안하다. 아들아!
그리고
너무나 사랑한다. 아들아….

● 큰아들에게 전하는 헌정

너무나도 가난한 대학생 아빠로 시작해서 대한민국 스타 강사 아빠로 부귀영화를 누릴 만도 하겠죠. 하지만 우리 아들은 그런 호사를 한번도 누려보지 못했습니다. 친구 같은 아빠가 되고 싶었습니다. 하지만 아빠의 못난 도전들 때문에 그런 시간도 갖지 못했습니다. 그런 못난 아빠를 닮아가며 봉사활동에 빠져 사는 우리 큰아들이 안쓰럽고 미안하기만 합니다. 아빠가 항상 우리 아들에게 마음의 짐이 되는 것 같아 면목이 없구나! 고맙고 미안하고 사랑한다. 내 아들아….

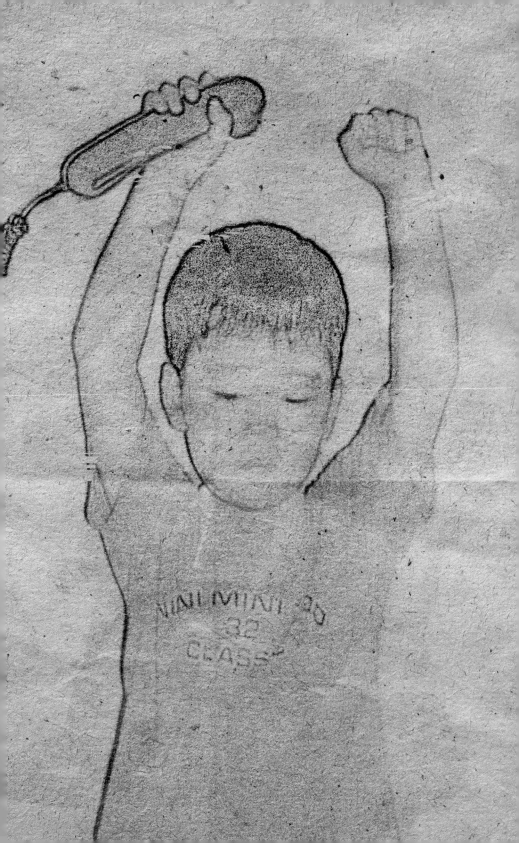

작은아들

고난의 행군,
사랑하는 나의 작은아들과 함께하는 말

태어나는 순간
못된 아비는 소외계층 방과 후 돌봄 학교를 꿈꾸며
한국발명사랑연구센터를 설립하고
그 어미는 백일도 안 된 아이를 업고 연구소 홍보 전단지
를 돌린다.

걸음마를 떼자마자
못된 아비는 퇴소한 보육시설 아동들의 자립을 꿈꾸며
보금자리 쉼터사업에 뛰어들고
그 어미는 집 나간 남편을 대신해 힘겨운 가장이 되었다.

집까지 잃어 외가, 친가 할머니 집에 떠맡겨져
눈칫밥으로 어린 시절을 모두 보내버린
보기만 해도 안쓰러운 나의 작은아들

초등학교에 들어가자

못난 아비는 상식이 통하는 대한민국을 꿈꾸며
소액주주운동에 빠져들고
그 어미는 통한의 눈물로 하루하루를 보낸다.

세 아이 중,
유독 못난 아비를 가장 많이 닮아
바라보는 내내 눈물짓게 하는 나의 작은아들
너의 고난의 행군에 이제는 종지부를 찍고 싶다.

● 작은아들에게 전하는 헌정

위 글 그대로 우리 작은아들은 아빠의 고난의 행군만 함
께한 어린시절을 보냈습니다. 소외계층을 위한 연구소 설
립, 퇴소한 보육시설 아이들의 자립을 돕는 쉼터사업, 이번
소액주주운동 사태까지…. 태어나는 순간부터 무모한 도전
만을 일삼는 못나고 나쁜 아비 때문에 여기저기 떠돌아다녀
야만 했던 제 작은아들은 너무 어려서 철이 든 탓인지 감정
표현이 너무 서툽니다.

주땡아, 아빠가 반드시 다시 일어서서 이제는 너의 고난
의 행군에 종지부를 찍고 싶다. 정말 고맙고 미안하고 사랑
한다. 내 아들아. 나의 영원한 프린스.

나의 영원한 프린세스, 노율꽁

쫑알쫑알 참새가 되었다가
함박웃음 꽃피워 내는 행복 바이러스가 된다.

눈만 뜨면 그림 그리는 꼬마화가, 노율꽁
스케치북을 아무리 사주어도
에이포 사랑에 빠져 온 집안이 복사용지 작품으로 도배가
된다.

자연을 사랑하는 꼬마농부, 노율꽁
고사리 손으로 아기 모를 심고
토란 우산으로 모델이 된다.

아빠의 무릎을 좋아하고
아빠가 태워주는 발비행기를 좋아하며
아빠와 하는 숨바꼭질을 너무나 좋아하는
아빠바라기,
나의 영원한 프린세스, 율꽁공주님

● 막내딸에게 전하는 헌정

우리 가족에 갑자기 선물같이 찾아온 막내딸, 율꽁 공주님. 엄마아빠의 사랑과 두 오빠의 사랑을 홀로 독차지하며 예쁘게만 자라온 우리 공주님에게 못난 아비가 너무나도 큰 시련을 주고 말았습니다. 지금도 아빠와 떨어져 살아야 하는 이유를 모른 채 아빠의 사랑을 독차지하기 위해 엄마 눈치를 봅니다.

공주야, 아빠가 우리 율꽁이를 너무너무 사랑한단다. 부디 조금만 기다려다오…

눈 속의 행복

깎아 놓은 듯한
사각의 어두운 건물 안에서
한 무리의 고통 받는 사람을 보았습니다.

고통을 이겨 보려 애쓰는 사람
고통을 참지 못해 쓰러지는 사람

무리 속, 고통 받는 사람들 중에서
삶의 무게에 지쳐 쓰러져 가는 사람들 중에서
나는,
나 자신을 보았습니다.

그에겐
잊고 지낸 행복이 있었기에
그에게 밝게 웃는 아기의 미소를 보여 주었고
또랑또랑한 아기의 목소리를 들려 주었습니다.

그의 몸은 녹초가 되어 흐느적거려도
그의 눈 속엔,

어둠의 문을 부술 수 있는 힘이 있었습니다.
그의 눈 속엔,
사랑하는 아이의 밝게 빛나는 행복이 있었습니다.

● 가족에게 전하는 헌정

위 글은 대학교 1학년, 철 모르는 나이에 가정을 꾸리고 큰아들을 낳아 대학을 다니면서 새벽 어묵공장부터, 신문배달, 농약사 배달, 과외, 학원강사, 경양식 레스토랑, 술집주방에 겨울엔 군고구마 장사까지 하루에 5개가 넘는 아르바이트를 뛰면서 새벽에 잠시 지친 몸을 끌고 집에 들러 갓 백일이 지난 아들의 얼굴을 바라보며 수첩에 적은 글입니다.

봉황

알록달록 화려한 봉황 한 마리
눈부신 날갯짓을 하며 우리집 대문 기둥에 살포시 내려앉
는다.

살금살금 봉황에게 다가가
있는 힘껏 점프를 하여
어린아이만 한 봉황을 끌어안고 바닥에 나뒹굴었다.

따스한 봉황의 체온을 온몸으로 느끼며
기분 좋은 단꿈에서 깨어난다.

얼마 후 들려온 봉황의 기적 소식
기쁨과 걱정이 교차가 되어 한동안 시름시름 앓았다.

그렇게 떠나보낸 봉황 한 마리가
눈물의 후회와 크나큰 역경이 되어 다시 내게로 돌아왔다.
미안하다.
정말 미안하다…

●소액주주운동으로 피해를 입힌 사랑하는 사람에게
전하는 헌정

　너무나도 큰 뜻을 품고 상식이 통하는 대한민국을 만들고
싶었지만 부족한 제 그릇 때문에 사랑하는 사람에게 씻지
못할 아픈 시련을 안겨 드리고 말았습니다.
　미안합니다.
　죄송합니다.
　반드시 재기해 당신 곁으로 다시 돌아가겠습니다.

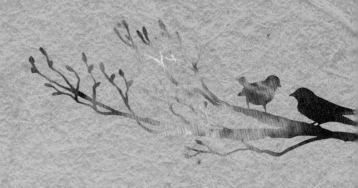

쉬어가기

그림자 친구
- 딸에게 바치는 짧은 동화

해님과 달님이 밤낮으로 환하게 세상을 비추어주며 꽃들이 만발한 아름다운 마을에 율꽁이라는 귀여운 꼬마 공주가 살았어요.

율꽁 공주는 그림 그리는 게 너무 좋아, 매일 매일 하얀 종이에 알록달록 예쁜 꽃들과 나비들을 그려 해님과 달님에게 자랑하며 하루하루를 보냈어요. 율꽁 공주가 그린 그림들은 그대로 알록달록 예쁜 꽃이 되고 나비가 되어 푸른 초원을 만들고 온 세상을 아름답게 만들어가고 있었지요.

하루는 도화지와 크레파스를 들고 푸른 잔디밭에 놀러 갔는데 혼자 그림 그리는 게 싫증이 난 율꽁 공주는 해님과 달님에게 부탁을 합니다.

"해님아, 달님아? 매일매일 나 혼자 노니까 재미가 없는데 너희들이 여기로 내려와서 나랑 놀아주면 안 돼?"

"율꽁 공주?"

"우리도 그러고 싶은데 우리가 세상에 내려가면 다른 세상에 살고 있는 친구들이 너무 어두워서 아무것도 하지 못한단. 그래서 우리는 여기서 우리자리를 지켜야만 한단다."

해님과 달님의 대답을 들은 율꽁 공주는 엄청 실망을 하고 그림 그리는 것을 멈추고 방에 틀어박혀 나오질 않았대요.

율꽁 공주가 그림을 그리지 않자 꽃은 시들고 나비들은 사라지고 알록달록 예쁜 꽃밭도 하나둘 텅 빈 황무지로 변

해가고 말았습니다.

　그래서 해님과 달님은 고민이 많았답니다.

　"어떡하지? 어떻게 하면 우리 율꽁 공주가 예전처럼 신나게 그림을 그려줄까?"

　"친구를 만들어주자! 율꽁이에게 친구를 만들어주면 되잖아!"

　그렇게 해님과 달님은 율꽁 공주랑 꼭 빼닮은 예쁜 꼬마 친구를 만들어주기로 하였답니다.

　율꽁 공주가 그림을 그리면, 나란히 함께 그림을 그리고, 율꽁 공주가 춤을 추면 함께 나비처럼 춤을 추며 율꽁 공주가 웃으면 함께 함박웃음을 짓는 율꽁 공주의 단짝 그림자 친구를 해님과 달님이 온 힘을 다해 만들어 주었답니다.

　따라쟁이 절친 친구가 생긴 율꽁 공주는 단짝 친구와 함께 아름다운 그림을 그리게 되어 황무지로 변한 세상엔 알록달록 화려한 꽃들이 활짝 피어나고 푸른 산과 계곡, 노래하는 새들과 춤추는 나비들이 세상을 아름답게 만들어갔답니다.

　그렇게 해님과 달님의 노력으로 율꽁 공주와 그림자 친구는 낮이나 밤이나 함께 한시도 떨어지지 않고 매일매일 행복한 세상을 만들어 갔답니다.

● 작품설명

초등교사, 연수원 강의 및 전국을 돌아다니며 발명, 특허, 리더쉽 강의를 진행함은 물론, 이런 본업과 더불어 전국단위 각종 시민단체를 이끌며 퇴소한 보육시설 아동들을 위한 사회사업까지 펼쳤습니다. 그러다 보니 1년 중에 집에 들어가는 횟수는 손가락 안에 꼽힐 정도입니다. 결국 정작 가정에는 소홀하여, 어린 시절 내내 상처만 안겨준 제 천사 같은 어린 딸, 율꽁이의 이야기입니다.

제 딸은 에이포 용지를 사랑하는 아이입니다. 눈만 뜨면 흰 복사지를 갖고 와 각종 그림을 그려 방바닥이며 벽이며 온 집 안을 자기 그림으로 장식하느라 바쁩니다. 한창 그림 그리기에 빠진 아이죠.

장학사업에 빠진 못난 아빠의 오지랖과 못난 남편 때문에 생활고에 시달려 바쁜 엄마 때문에 태어나면서 홀로 그림그리기와 단짝이 되어버린 불쌍한 제 딸입니다. 어린 시절의 상처를 못난 아빠 대신 그림이 많이 치유해 줘 지금은 유치원에 건강히 잘 다니고 있습니다.

본 이야기는 세상 모든 아픈 아이들을 보듬고 싶은 못난 아빠(해님)와 사회복지사로 독거노인들을 돌봐야만 하는 바쁜 엄마(달님)와 그 때문에 홀로 그림 그리는 일에만 빠져있을 수밖에 없는 천사 같은 제 딸 율꽁 공주님의 일상을 그린 작품입니다.

248

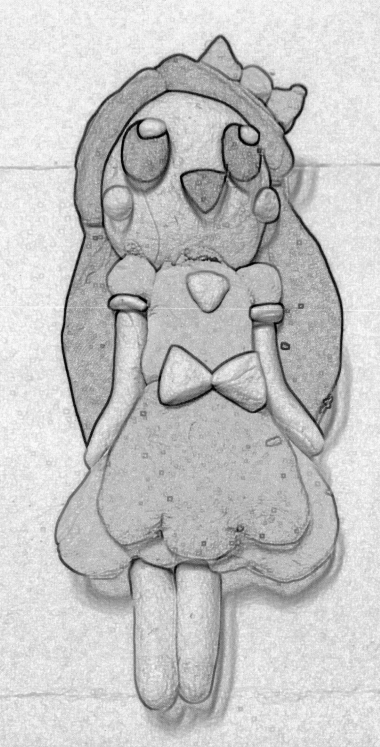

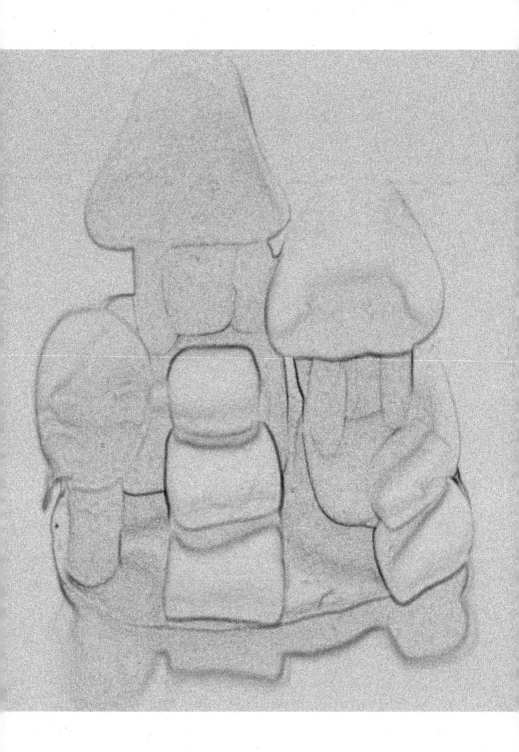

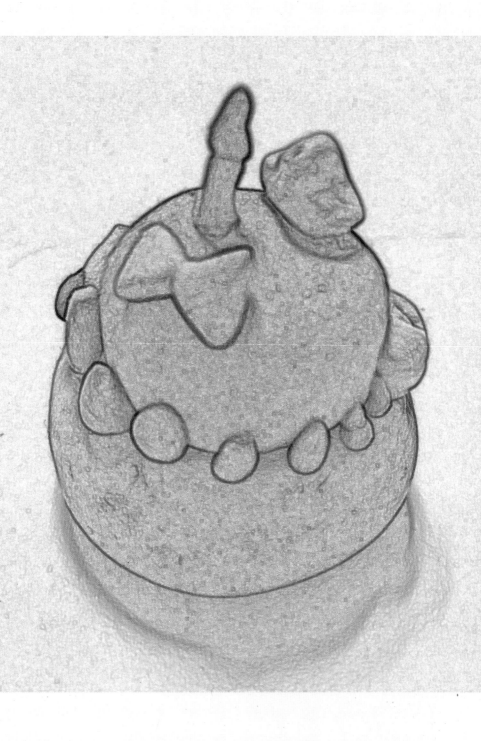

아기 멧돼지, 쿠리와 코리 2
– 아들에게 바치는 동화

    깊은 산속, 햇볕이 잘 드는 계곡 아래 땅굴 속에는 귀여운 아기돼지 남매, 쿠리와 코리가 엄마돼지와 함께 행복하게 살고 있었어요.

    깊은 산속에는 어디서나 신선한 풀과 열매, 뿌리, 지렁이들이 가득하고, 산 아래 계곡에 조금만 내려가면 가재, 새우 등 각종 갑각류, 조개, 물고기, 개구리, 도마뱀들이 즐비해 매일 배부르게 먹으며 행복한 나날들을 보내고 있었답니다.

그러던 어느날부터인가, 쿠리와 코리의 보금자리인 울창한 숲속은 사람들의 손길에 의해 하루가 다르게 허허벌판으로 변해갔고, 깨끗한 계곡 물도 사람들이 버린 쓰레기들로 하루하루 시름시름 병들어 가고 있었어요.

쿠리와 코리 가족도 파도처럼 밀려오는 인파 속에 하루하루 불안한 나날을 보내야 했답니다.

행복했던 쿠리와 코리의 보금자리는 사람들이 모여든 이후로 풍성했던 먹이들이 조금씩 사라지고 먹는 물마저도 심한 악취로 배앓이를 하는 날이 늘어만 갔습니다.

하루하루 배고파 우는 쿠리와 코리를 보며, 어쩔 수 없이 어미돼지는 산 아래 마을까지 내려가 고구마와 감자를 입에 가득 물고 왔어요. 배고파 우는 쿠리와 코리의 굶주린 배를 채우는 날이 반복되었지요. 하지만 그때뿐이었어요. 그마

저도 철조망이 쳐지고, 새덫과 올무가 가득해져 어미돼지는 하루하루 생사고비를 드나들며 아기돼지 쿠리와 코리를 힘겹게 먹여 살리는 날들이 계속되었습니다.

　그러던 어느 날이었습니다.

　"탕, 탕…!"

　굶주린 아기돼지들의 배를 채우러 나선 어미돼지는 엽사들의 총에 맞아 그만 하늘나라로 떠나버리고 말았습니다.

　배고픔을 견디며 땅굴에서 어미를 기다리던 쿠리와 코리는 하루이틀이 지나도 어미가 돌아오지 않자 울부짖으며 어미를 찾아 길을 나섭니다. 어미의 냄새를 찾아 산 아래, 계곡 아래로 내려간 쿠리와 코리는 사람들이 쳐놓은 올무 때문에 바위 아래 절벽을 구르며 상처투성이가 되고 맙니다. 급기야 덩치 큰 들짐승들에게까지 쫓기고 말죠. 그렇게 길

을 헤매다가 쓰러지기 직전에 마을 인근에서 마음씨 좋은 꼬마아이 주땡이를 만나게 되었답니다.

주땡이는 마을 어귀에 어른들 몰래 쿠리와 코리만의 아담한 보금자리를 마련했습니다. 꼬마 돼지 남매를 정성으로 보살피며 하루하루 서로의 애정을 쌓아갔습니다. 그렇게 주땡이의 사랑을 듬뿍 받은 쿠리와 코리는 어느새 상처가 조금씩 나아가고 있었습니다. 어느새 무럭무럭 자라 산기슭을 함께 뛰어 놀며 행복한 나날을 보내게 되었지요. 그러나 행복도 잠시, 굶주린 멧돼지들이 산 아래 마을을 넘어 도롯가 민가까지 찾아가 난동을 부린다는 방송으로 세상이 시끄러워진 어느 날, 마을에는 대대적인 멧돼지 소탕작전명령이 떨어지고, 전국에 내노라히는 엽사들이 한자리에 모였습니다. 바로 그날, 하늘에선 함박눈이 펑펑 쏟아져 내렸답니다.

새하얀 눈꽃이 펑펑 내리던 그날에도 쿠리와 코리는 주땡이와 눈밭을 뒹굴며 시간이 가는 줄 모르고 놀다가 어두운 밤이 되고서야 무릎 위까지 쌓인 눈을 밀고 마을로 내려왔습니다.

쿠리와 코리는 주땡이의 관심과 사랑으로 어느덧 어미돼지만큼 커졌고 깊게 쌓인 눈을 헤치고 주땡이 대신 길을 만들어주면서 내려오고 있었습니다. 마을 어귀에서 헤어지려는 순간, 어디선가 엽사들의 총소리가 들려옵니다.

"탕~ 탕~!"

쿠리와 코리는 그 순간 주땡이를 자기들 몸 사이에 끌어안고 주저앉습니다. 미동도 하지 않고 그 자리에서 주땡이를 끌어안고 고통 속에 흐느껴 웁니다. 계속되는 엽사들의 총소리에 쿠리와 코리의 몸은 요동칩니다. 쿠리와 코리의 눈에서 흐르던 맑은 눈물은 선홍색 피눈물로 바뀌어 하염없이 주땡이 볼을 타고 적십니다. 이윽고 엽사들의 총소리는 멈추었습니다. 하늘에선 눈꽃만 하염없이 흩날립니다. 점차 식어가는 쿠리와 코리의 체온을 느끼며 주땡이는 엄마를 애타게 부릅니다.

주땡이가 어미 잃은 쿠리와 코리를 처음 만난 그날, 쿠리와 코리가 자기 어미를 찾던 애달픈 목소리로⋯.

● 작품설명

이 글 또한 어린 시절 내내 상처만 안겨준 제 아들, 주땡이의 어린 시절 이야기입니다. 제 아들은 저를 많이 닮아 정이 많고 발명에 빠져 하루 종일 무언가를 만들며 시간을 보내는 아이입니다.

장학사업에 빠진 못난 아빠의 오지랖 때문에 백일도 안 된 아들, 주땡이는 길거리로 내몰려 외가 및 친가를 옮겨다니며 유아시절 내내 눈칫밥만 먹고 컸습니다. 우리 둘째 아들은 그나마 양쪽 할머니 집 모두 전북 고창의 시골 산골이라 산속에서 자연과 함께 생활해 어린 시절의 상처를 못난 아빠 대신 자연이 많이 치유해 줘 지금 초등학교를 건강히 잘 다니고 있습니다. 본 이야기는 아들과 제가 그 시절의 추억을 함께 떠올리며 만든 작품입니다.

독자 분들을 위한 페이지입니다.
여러분의 과거, 현재, 미래는 어떠한가요.
자유롭게 기록해 보세요.

당신의
오답노트

당신의 오답노트는?

과거의 나 자신은 어떠했나요?
후회와 책망은 이제 그만.
그때의 나 자신에게 전하는 고백의 말을 적어보세요.

현재가 과거와 다르길 바란다면
과거를 공부하라.

- 바뤼흐 스피노자

당신의 오답노트는?

현재의 나는 어떠한가요?
오늘을 살아가는 나에게 응원의 메시지를 전해봅시다.

실제 삶은 오직 현재에만 있다.
미래를 두려워할 게 아니라 지금 여기에서 완전히
살고 있지 않음을 두려워해야 한다.
- 쇼펜하우어

당신의 오답노트는?

미래의 나를 예감할 수 있나요?
내일은 오늘보다 조금 더 나을 겁니다.
내가 바라는 미래의 내 모습을 그려보세요.

미래는 앞으로 나아가는 이에게 보상을 준다.

- 버락 오바마

당신의 오답노트는?

나의 버킷리스트 목록을 적어보세요.
앞으로 어떤 삶을 살아가고 싶나요?
간절히 바란다면 이루어질 겁니다.

내가 우울한 생각의 공격을 받을 때 책에 달려가는
일처럼 도움이 되는 것은 없다. 책은 나를 빨아들이
고 마음의 먹구름을 지워준다.

- 미셸 드 몽테뉴

2008년 KBS1 휴먼다큐 '사미인곡'이라는 다큐멘터리 프로그램(아낌없이 주어야 사는 남자 편)에 출연한 적이 있습니다. 그때 당시, 『가던 길이라 마저 갑니다』라는 자전적 에세이를 출간했습니다. 벌써 10년이라는 세월이 흘렀습니다.

10년 전, 큰 수술을 하고 병원에 누워있을 당시, 나이 서른셋인 못난 제 인생을 되돌아보았습니다. 다시는 바뀌지 않는 세상에 욕심 부리지 말고 오로지 나와 가족만을 위해 살아야겠다고, 그렇게 굳은 다짐을 했습니다. 그 다짐을 잊지 않기 위해 책으로 남겨 자숙하려던 것이 엊그제 같습니다.

그날 이후 힘겹게 재기를 했습니다. 10년이 지난 오늘, 오히려 그때보다 더 많은 일을 벌이고, 오히려 그때보다 더 많은 상처만을 남겼습니다.

가족, 형제, 지인들…. 한결같이 변함없는 사랑을 쏟아준 소중한 나의 사람들에게 씻지 못할 아픔만을 안겨주었습니다. 끝이 보이지 않는 바닥까지 추락하고, 이 자리에 다시 섰습니다. 이제 제 나이 마흔넷, 모든 것을 잃었습니다. 엄청난 짐까지 온몸으로 짊어져 쓰러져 버린 오늘. 사고 이후, 1년 가까이 전국을 방황하며 울부짖었던 못난 제 자신을 반성합니다. 마지막으로 다시 한번 일어서려 합니다.

치유될 수 없는 상처를 준 모든 이들에게 더 이상의 고통은 안겨드리고 싶지 않습니다. 그랬기에 용기 내어 다시 펜을 들었습니다.

죄송합니다.
정말로 죄송합니다.

사랑합니다.
눈물겹게 사랑합니다.

기다려주십시오!
반드시 다시 일어나 당신 곁으로 돌아가겠습니다.

2019년 봄 어느 날,
누군가의 못난 아빠, 남편, 동생, 형, 동료였던 노회현이 눈물로 이 책을 헌정합니다.

저자
연보

노 회 현

- 전소연(전국소액주주연합) 회장
- 한국발명사랑장학회 회장(보육시설 아동 자립을 위한 창업, 취업 교육 및 퇴소한 보육시설 아동들의 쉼터 마련 사회사업 추진)
- 노사모, 참여연대, 월드비전, 아름다운 가게 등 전국 단위 각종 시민연대 참여 등
- 대한민국 역대 최연소 신지식인 (정부)
- 대한민국 최다 발명교육지도 기네스 등재 (한국기록원)
- 세계최초 SNS 연동 발명e노트 개발 시행 (특허청)
- 대한민국 최초 특허 엔젤사업 시행 (한국발명사랑연구센터) 등

중학시절, 가난한 가정을 비관해 방황하던 그가 우연한 기회에 은사님과 인근 보육원을 찾는다. 바로 그날,

보육원에서 한 아이를 만난다. 그 짧은 인연이 계기가 되어 '빈익빈 부익부'인 세상의 부조리와 맞서 싸우고자 마음을 먹는다. 고등학교에 진학하며 그는 '인생스케치'라는 봉사단체를 만들어 본격적인 사회사업에 뛰어든다. 이를 기점으로 그의 사회사업은 더욱 활발해졌다. 그는 퇴소한 보육시설 아동들의 사회자립이 현실적으로 힘겹다는 사실을 사회에 알리고자 한다. 소외계층을 위한 장학단체(한국발명사랑장학회)를 설립하고 교직에 첫발을 딛는 순간부터 그의 사회 산업을 향한 헌신은 시작된다.

한결같은 그의 발자취가 전국 3사 뉴스에 한 달여 동안 보도된다. 2006년 5월, 어린이날을 기념하여 '우리는 꿈꾸러기'라는 특별 생방송이 중계된다. 그는 이 방송에 출연하여 청와대의 초청을 받게 된다. 고(故) 노무현 대통령 내외분을 영접하는 일을 계기로 그는 노무현 바라기가 된다.

방송 촬영 이후 노통님과의 짧은 독대에서 그는 노통님으로부터 짧지만 굵은 충고를 듣게 된다. 그러나 그분과의 약속을 끝내 실천하지 못하고, 홀로 모든 것을 떠안으려 한다. 그러다가 결국 모든 것이 무너져 버린 나머지 가족과 주변인들에게조차 버려진 남자, 바보스

럽도록 못나빠진 남자.

시대를 너무 앞서나간 나머지 자신이 소속된 공무원 사회에서조차 하루하루 눈칫밥을 먹어야만 했던 돈키호테 같은 사람. 전소연(전국소액주주연합)이라는 경제 시민단체까지 조직해 이끌었지만 피땀과 희생으로 민주화가 정착된 지금까지도 대한민국 근간을 흔들고 있는 기득권 세력의 농간에 무너진다. 이후 모든 삶을 뒤로한 채 1년간 전국을 방황하며 하루하루 적어 내려간 글들, 그의 바보 같은 인생의 오답노트를 통해 작은 희망을 찾아본다.

작은 계란으로 커다란 바위를 깨부술 순 없겠지만, 더럽히고 또 더럽히다 보면 이 세대가 아니더라도 우리 아이들 세대에는 상식이 통하는 대한민국, 우리 국민 모두가 행복한 드림랜드가 이루어질 것이라는 기대. 그런 어리석은 꿈을 다시 꾸며 펜을 든다.

▲ 검색 인명사전 자료 참조

■ 주요 저서

- 『발명 속 IT 교과서』 (2013 전자신문사)
- 『천자의 지혜』 (2011 도서출판 향지)
- 『내 발명품에 날개를 달아주세요!』 (2006 성두사)
- 『가던 길이라 마저 갑니다』 (2008 도서출판 좋은땅)
- 그 외 발명노트, 콩맹이발명수첩 등 기타 발명·특허 관련 전문서적 20여 종 등 다수

*

　이 외에도 노회현 회장님은 2003년도부터 전국의 농어촌지역 아동보육시설 아이들의 방과 후 수업을 기획하여 발명 관련 수업과 학교 보충수업 지도를 지속적으로 지원해 주시며 특허취득 지원을 통한 기업 취업교육에도 혼신을 기울이고 계십니다.

어느 평범한 아빠의 고백을 담은 오답노트,
대한민국 가장(家長)들의 추운 마음에
따뜻한 온기를 지피는 작은 불씨가 되길 기원합니다

| 권선복
도서출판 행복에너지 대표이사

  만약 인생이 거대한 학교라면 우리는 그 학교에 발을 들인 학생들입니다. 매 순간 시험을 치르며 살아가고 있습니다. 사는 일이 그만큼 녹록지 않기 때문이죠. 어떤 시험은 무사히 통과하고, 또 어떤 시험은 낙방하기도 합니다. 때로는 실수를 하기도 하죠. 먼 훗날, 틀린 문제를 바라보며 후회와 반성의 시간을 갖기도 합니다. 오답노트는 그런 이유에서 작성하는 거겠지요. 지금보다 조금 더 나은 삶을 위해서 말입니다.

이 책의 저자, 노회현 님은 한때 세상을 바꿔 보고자 노력했던 분입니다. 좀 더 나은 세상을 만들기 위해 동분서주했던 분이죠. 그런 그가 자리에서 훌훌 털고 일어나 펜을 들고 써 내려간 시와 에세이, 그것들은 곧 인생의 오답노트입니다. 이 책에 그의 기록들을 담았습니다. 시대의 변화를 꿈꾸는 개혁가이기 전에 먼저 세 아이들의 아빠, 누군가의 한 남편으로서 써 내려간 그의 글을 읽다 보면 알게 될 것입니다. 세상 모든 아버지들의 마음을 말입니다.

　한 가정의 안위를 지키는 아버지의 강인한 모습, 하지만 그 이면에 자리한 외로움을 우리는 종종 발견하곤 합니다. 이 책에 실린 글들은 아버지의 고백입니다. 가장이기 전에 먼저 한 인간으로서의 고백이고, 가족들에 대한 사랑의 고백입니다. 그런 의미에서 보자면 이 책에 실린 글과 사진은 결국 이 시대 모든 아버지들의 이야기입니다.

　오늘도 가정의 무게를 짊어지고 문밖을 나선 세상의 모든 아버지들. 그들에게 고맙다는 말을 전해 보는 건 어떨까요. 이 책이 대한민국 가장들의 추운 마음에 온기를 지필 수 있는 따뜻한 불씨가 되기를 바랍니다. 아울러 독자 여러분의 가정에도 사랑과 행복이 넘쳐 흐르기를 기원합니다.

하루 5분, 나를 바꾸는 긍정훈련

행복에너지

'긍정훈련' 당신의 삶을 행복으로 인도할 최고의, 최후의 '멘토'

'행복에너지
권선복 대표이사'가 전하는
행복과 긍정의 에너지,
그 삶의 이야기!

**인터파크
자기계발 분야 주간
베스트 1위**

권선복 지음 | 15,000원

권선복

도서출판 행복에너지 대표
영상고등학교 운영위원장
대통령직속 지역발전위원회
문화복지 전문위원
새마을문고 서울시 강서구 회장
전） 팔팔컴퓨터 전산학원장
전） 강서구의회(도시건설위원장)
아주대학교 공공정책대학원 졸업
충남 논산 출생

책 『하루 5분, 나를 바꾸는 긍정훈련 — 행복에너지』는 '긍정훈련' 과정을 통해 삶을 업그레이드하고 행복을 찾아 나설 것을 독자에게 독려한다.
긍정훈련 과정은 [예행연습] [워밍업] [실전] [강화] [숨고르기] [마무리] 등 총 6단계로 나뉘어 각 단계별 사례를 바탕으로 독자 스스로가 느끼고 배운 것을 직접 실천할 수 있게 하는 데 그 목적을 두고 있다.
그동안 우리가 숱하게 '긍정하는 방법'에 대해 배워왔으면서도 정작 삶에 적용시키지 못했던 것은, 머리로만 이해하고 실천으로는 옮기지 않았기 때문이다. 이제 삶을 행복하고 아름답게 가꿀 긍정과의 여정, 그 시작을 책과 함께해 보자.